年表の忘れもの

人々の見た「昭和〜平成」記憶の風景

掌編自分史

発刊に寄せて

春日井市では平成十一年（一九九九）に「日本自分史センター」を発足させ、自分史に関わる種々の取り組みを行ってきました。このたびの「年表の忘れもの」をテーマに、「年表の行間に秘められた数々の人生経験は、時代の証言となり、歴史のひだを埋める力を持っています」と呼びかけた全国公募にも、全国各地、そして海外からもご応募をいただきました。この場をお借りして厚くお礼申し上げます。

自分史は、個々の生き方の記録というそれだけのものではなく、普遍性を持つ貴重な記録といわれています。こうした自分史の特長を活かし、年表に載らない一人ひとりの大切な真実―自分史―を時代順につなぐことで一冊の本になりました。描かれた時勢や経験は幅広く、ページを繰るにつれ、年表では見落とされがちな時代の空気や市井の人々の生活が浮き彫りになっていきます。また、個人的体験の背景にある歴史の流れが自ずと見つめ直されることでしょう。
独りではなかなか筆をとるに至らないことも、テーマに惹かれて書くきっかけとなり、短編を集めることで一冊の本になります。本市では、人と人の心が通い合い、さまざまな生き方への共感を生みだす自分史活動の支援を一層進めていく所存です。今後、より多くの皆さんに自分史が広がることを期待して、ご挨拶といたします。

春日井市長　伊藤　太

年表の忘れもの

もくじ

Ⅱ 戦後復興期［1945─1958］

Ⅲ　高度経済成長期［1959―1978］

Ⅳ　昭和の終焉～平成［1979―］

収録作品関連年表

Ⅰ 戦前／戦中～ Ⅱ 戦後復興期

（年）		（できごと）	（＊関連説明と「作品名」）
1931	昭和6	満州事変	
1932	昭和7	上海事変・犬養毅首相暗殺事件 ＊名古屋陶磁器会館建設	＊名古屋東北部に多くの絵付工場や貿易商社が集まり、輸出用陶磁器の七～八割を絵付け。 「金腐蝕」
1934	昭和9	満州国建国	
1936	昭和11	＊二・二六事件	＊陸軍青年将校らによるクーデター。斉藤実・高橋是清ら政府要人を殺害し永田町一帯を占拠。 「帰らぬ父」
1937	昭和12	盧溝橋事件・日中戦争勃発	「風がわたしを呼ぶまでに」
1939	昭和14	＊賃金統制令・物価統制令	＊砂糖・清酒・ビール・木炭等の公定価格決定。 「炭焼きの煙」
1940	昭和15	日独伊三国同盟調印	日本軍、北部インドシナに進駐を開始。 「一枚の絵葉書」
1941	昭和16	＊真珠湾攻撃・太平洋戦争始まる	「二つの祖国を生きる」

1943　昭和18	イタリア無条件降伏 ＊企業整備令	＊特に繊維工業などの工場・機械・労働力が軍需工業に転用推進される。 「焼け牛の徴用」
1944　昭和19	＊国民学校初等科児童の集団疎開決定 東南海地震・津波、死者998人	「学童集団疎開」 「戦時下の満州女学生生活」
1945　昭和20	＊広島、長崎に原爆投下 ＊玉音放送、第2次世界大戦終結 ＊食糧難・タケノコ生活	「広島が燃えているぅ～」 「敗戦」 「西風が泣いた」 「日本人の底力」 「穫り入れ　秋の思い出」
1946　昭和21	戦後初の総選挙	「悔やまれるあのひと言」 「ター兄ちゃん」 「銃口」
1947　昭和22	＊新制小・中学校発足 日本国憲法施行	「焼け跡の子どもたち」 「仰げば尊し」
1948　昭和23	極東軍事裁判判決	

1950	昭和25	＊朝鮮戦争勃発	＊特需により、糸へん（繊維）産業の景気が上がる。 「青春は紡績会社」
1951	昭和26	サンフランシスコ平和条約調印	
1952	昭和27	血のメーデー事件	
1954	昭和29	第五福竜丸事件・自衛隊発足	
1955	昭和30	自由民主党結成（保守合同）	「ヒキアゲリョウで遊ぼう」
1956	昭和31	「もはや戦後ではない」（経済白書）	「一人の人間として」
1958	昭和33	東京タワー完成	「母への思慕は鯖鮨の味」

Ⅲ　高度経済成長期

1959	昭和34	＊伊勢湾台風 皇太子ご結婚	＊中部地方を直撃した台風は、伊勢湾の高潮と重なって、死者5401人に。 「川は真っ赤だった」 「結核とともに」
1960	昭和35	新日米安保条約発効	＊日米安全保障条約改定を受け、学生のデモなど反対運動が広がった。
1961	昭和36	キューバ危機	
1963	昭和38	＊ケネディ米大統領暗殺	「ジョン・F・ケネディの死」
1964	昭和39	東京オリンピック・東海道新幹線	「波の花」

1965 昭和40	米、ベトナム戦争に参入	
1966 昭和41	ビートルズ来日公演	
1968 昭和43	＊飛騨川バス転落事故	＊集中豪雨による土砂崩れで観光バス二台が飛騨川に転落、一〇四人が死亡。 **「ある夏の日に」** **「金の卵は孵ったか？」**
1969 昭和44	アポロ11号月面着陸	
1970 昭和45	大阪万博開催 ＊交通戦争	**「マイカー時代の陰で消えた命」**
1971 昭和46	円変動相場制に移行 （ニクソンショック）	
1972 昭和47	浅間山荘事件・日中国交正常化	
1973 昭和48	オイルショック・第四次中東戦争	
1974 昭和49	小野田寛郎ルバング島から帰国	
1976 昭和51	＊長良川水害	＊日本全国に記録的な大雨をもたらした台風17号の降雨量は、歴代第一位とされる。 **「長良川水害」**
1977 昭和52	気象衛星「ひまわり」打ち上げ	**「登校拒否」**
1978 昭和53	＊第二次オイルショック	**「オイルショック脱出、そして…」**

Ⅳ　昭和の終焉〜平成

1979	昭和54	東京サミット開催	「わたしの免許証」
1982	昭和57	ホテルニュージャパン火災 日航機羽田沖に墜落	
1983	昭和58	東京ディズニーランド開園	
1984	昭和59	グリコ・森永事件	
1985	昭和60	プラザ合意 日航機御巣鷹山に墜落	
1986	昭和61	*チェルノブイリ原子力発電所事故	*ソ連のチェルノブイリ原子力発電所4号炉が爆発事故。対応の遅れが重なり被害が拡大し、史上最悪の原子力事故となった。 「チェルノブイリ原発事故医療協力プロジェクトに参加して」
1987	昭和62	国鉄民営化・JR発足	「女たちの幸せさがし」
1989	昭和64 平成1	昭和天皇崩御・平成に改元	「携帯電話がやって来た」
1990	平成2	湾岸戦争・東西ドイツが統一	

1991　平成3	ソ連邦解体 バブル経済崩壊	「おやじ殿に伝えたい平成」
1992　平成4	PKO協力法可決	
1994　平成6	松本サリン事件	
1995　平成7	＊阪神・淡路大震災 地下鉄サリン事件	＊兵庫南部を中心に地震の被害が広がり、死者六三〇八人の大災害に。 「〈私にできること〉への問い」
1997　平成9	香港が中国に返還	
1998　平成10	長野冬季オリンピック開催	
2000　平成12	介護保険制度施行	「にこヘル活動日記」

本書は、「年表の忘れもの」というタイトルのもとに、全国から集められた選りすぐりの短編四十作品を収録したものです。

年表に載るような出来事の裏側に隠された、人々の体験にスポットライトを当て、ほぼ時代順に並べました。作品一つひとつに、時の流れのなかで懸命に生きる「人生のドラマ」があり、かけがえのないエピソードがあります。年表の行間には、宝ものが埋まっているのです。

少年の眼から見た二・二六事件、伊勢湾台風、マイカー時代の幕開けに犠牲となった幼児がいる一方で、一念発起して免許を取得し世界を広げた主婦。オイルショックによる会社の危機に、知恵と力を尽くして立ち向かった技術者……。

戦争を経て、高度経済成長期、そして混迷の時代まで、昭和から平成を生きた人たちの貴重な「証言」から、もうひとつの歴史の存在を俯瞰していただければ幸いです。

Ⅰ　戦前／戦中

帰らぬ父 ――少年の心に映った二・二六事件

丹羽 辰夫
（愛知県）

じゃんじゃん……じゃん、……と小さな鈴の音が途切れとぎれに聞こえてくるのを夢うつつで聞いていた。そして、その音が次第に大きく近づいて来て、〝ぽん〟と何か玄関に放り込まれた音がした。

私は咄嗟《とっさ》に〝号外だ〟と思い、跳《は》ね起きて玄関に行くと、すでに母が号外を手にして立っていた。

「何の号外」と聞くと、母は「大変だよ、兵隊さんたちがたくさんの大臣を殺したんだって」と引きつった顔で言った。「お父さんは……」と言うと、「きのうはお役所から戻らなかったのよ」と心配そうに答えた。

兄弟がぞろぞろと起きてきて、母の不安そうな顔を見ると、黙って立ちすくんでいた。ラジオをつけると、この事件のニュースをアナウンサーが興奮して早口で伝えていた。電波の入りが良くなく、途切れる箇所もあったが、〝叛乱軍〟という聞き慣れない言葉が何回も出てきて、殺された大臣の名前も伝えられた。

その時、ががらと玄関の戸が開き、近所のおじさんたちが二、三人入ってきた。開け放された格子戸から小雪がさっと吹き込んできたのを見て、弟が「あ！　雪が降ってる！」と頓狂な声を上げると、おじさんは「朝から粉雪がちらついててね。おう、寒！」と言って戸を閉めた。

おじさんたちは、「奥さん、ラジオを聞かせて下さいな、えらいことになったんですな」と母に挨拶《あいさつ》をした。当時ラジオのある家は珍しく、時々こうして近所の人が我が家のラジオを聞きに来ることがあった。

母は快くおじさんたちを部屋に上げた。おじさんたちは腕を組み、聴き耳を立ててじっとラジオに聴き入っていた。

「子どもは早く学校へ行かなくては」と母に促され、私たちはそそくさと朝食をとって学校へ行った。

当時、私は東京の目白駅の近くにある、高田第五尋常小学校（現目白小学校）の二年生で、学校へ行くと既に事件を知っているクラスメイトが、得意になってこの話をしていた。ラジオも新聞もない家の子は何も知らず、興味深くその話に聞き入っていた。

国を守る兵隊さんは当時の少年たちの憧れであり、兵隊になることが将来の目標の一つでもあった。だがその兵隊が大臣を殺した、どちらが良くてどちらが悪いのかは少年たちにとっては重大な疑問であった。

一時間目が始まった時、クラスメイトの一人が手を挙げて、「先生、兵隊さんが大臣を殺した事件って、本当ですか」と聞いた。担任教師は四十過ぎの頭の禿《は》げたとても怖いS先生だったが、ちょっと戸惑った様子で、「その話を知っている者は手を挙げよ」と逆に私たちに問い返した。

先生は手を挙げた者の数を顎《あご》で数え、「よし……いいか、お前たちには関係のないことだ、このことについては一切話をするな、さあ、国語の本を開け」と言って授業を始め、事件については体《てい》よく避けた。

その日、家に帰ると母がラジオの前に座っていた。「ラジオは何か言ってる」と聞くと、「叛乱軍が山王ホテルや警視庁を占領したと言ってるわ。お父さんのお役所の内務省もだめだと思う」と力なく言った。私は今日、学校で先生が話したことを母に言うと、母は「そうかい」と生返事をしただけだった。私は「叛乱軍って悪い兵隊さん?」と聞くと、母は「よくわからんよ」と短く答えた。「でも大臣を殺しちゃうなんて、悪いんじゃないかな」とつけ加えると、「どっちがいいか、悪いか、だんだんわかるよ」と言って口を閉じた。

父はずっと帰ってこなかった。それから幾日か経ったある日、学校から帰ってきて「ただ今」と家に入ると、母が玄関まで素早く出てきて「静かに」と僕の声を制した。僕は慌てて「どうして」と小声で聞くと、「お父さんが帰ってきて、今寝てるの」と伝えた。小さな家なので、襖《ふすま》を通して父の寝息が聞こえてきた。十日も家に帰れず役所で仕事をしていた父を思うと、叛乱軍のために父はこうなったんだ、やっぱり叛乱軍は悪いんだ、という気がした。

その夜は久々に家中が揃っての夕食であった。父母と子ども五人の家族が丸い卓袱台《ちゃぶだい》を囲み、手を合わせて「いただきます」と唱和して箸《はし》を持った。

母は水道の蛇口のこぼれ水で冷やしてあったエビスビールの栓を抜き、「大変でしたね」と父のグラスに注いだが、父は不機嫌そうな顔をしてビールを一気に飲み、子どもたちを一瞥《いちべつ》した。そして、こんどは自分でビールをグラスに注ぐと、また一気にそれを飲みほし、「うーん」と溜息をつき何か考えている様子であったが、しばらくしてから「軍はやりおった……」と独り言を言って口惜しそうに唇を噛んだ。家の者はこういう時の父には触れてはならないと知っていた。だからみんなは黙って箸を運んだ。

それから間もなく、我が家は引越しをした。三宅坂で今最高裁判所が建っている上の丘の内務省官舎だった。近くに警保局長の安部源基《げんき》さん（後の内務大臣）や、大蔵大臣の賀屋興宣《おきのぶ》さんの官舎もあった。道路一つ隔てた右手は皇居、後ろは国会議事堂という帝都のど真ん中である。

父の部屋にはどんと大きな机があり、机の上に黒い警察電話が置いてあった。部屋の隅には内務省と書かれた赤い線の罫紙に青色のタイプ印刷で「二・二六事件……」という難しい文字の表書きの書類が山と積まれていた。その後も父は転勤の度にその書類を大切に運んだ。

学校も四月から近くの永田町小学校に転校した。

クラスメイトたちは、つい二カ月前に起きた二・二六事件がまだ頭から消え失せてなく、何かというとこの事件の日のことが話題になった。

あの雪の朝、街の中を装甲自動車が走り回っていて怖かったとか。雪の中を白い襷《たすき》がけの兵隊さんが鉄砲を持ってざくざくと歩く姿は格好がよかったとか。飛行機からビラがまかれたことや、軽気球（アドバルーン）が空高く上がったことなどを、みんな口々に話題にあげた。なかの一人はどこで覚えたのか昭和維新の歌をそっと口ずさんでいた。

子ども心にもやっぱり世間を騒がせた叛乱軍は悪いんだなと、うすうす思うようになっていた。

この事件を忘れかけた頃、新聞に青年将校の軍法会議の判決が出た。母はその新聞を見ながら「こんなにきりっとした立派な若い将校さんが死刑だなんて……」と言って絶句した。

私も死刑が下ったという青年将校の顔写真を見ていると、何だか可哀想な気がした。それから半年も経った時だろうか、母が「辰夫、あの青年将校たちはね、表向きは死刑になっているけど、本当はね、そっと満州に追放されて生きているんだって。お国を思ってやったんだからね。このことは内緒だよ、誰にも話しちゃいかんよ」と念を押された。

戒厳令下の東京・永田町

お陰で私はこの話をずっと信じていたが、戦後、二・二六事件に関する映画を見たり出版物を読んでも、最後は死刑執行で幕引きになっている。〝満州追放〟は世論の儚《はかな》い想いを載せた流言飛語であったのだろうか。

生前の父に尋ねたことがあった。

「二・二六事件が勃発するまで何も情報はなかったの」と聞くと、父は即座に「冗談じゃない。彼らの動きは一から十まで、すべてわかっていたんだ。日本の警察はまことに見事だった。局長の安部さんをはじめ、戦後N県の知事になった課長のKさん。部下のI君、この人も副知事になったし、若いO君は後年警視総監になった。みんなよく働いた」。

　私は「それだけわかっていて、どうして止められなかったの」と話を進めると、「相手は軍だからな……、どうにも手出しができなかった。常に憲兵隊と連絡をとっていたが、後ろには陸軍大将が控えていたしな……」と寂しそうに述懐した。

　昭和の激動の中を警察官僚一筋で生きぬいてきた父の横顔が、今も瞼《まぶた》に浮かんでくるのだ。

金腐蝕《きんくさらし》

長谷川　武年
（愛知県）

金腐蝕とは、磁器の表面部分を腐蝕させる独特の技法である。絵付けされる磁器の上絵を定着させ、最大限の効果を引き出すための技術である。

明治の時代、絵付けを施した陶磁器が盛んに輸出されるようになり、市内の東北部に陶磁器の加工業者と輸出業者が集中した。名古屋陶磁器会館が建つ赤塚辺りは、陶磁器の素地《きじ》供給地である瀬戸や美濃にとって、名古屋への玄関口であった。また、加工業者となる名古屋絵付けの工場や職人が集中し、貿易会社が多くあった場所である。

父の姉の夫・肥田一三さんは、金腐蝕の技法を完成させた人である。昭和七年以前から戦争で事業が困難になる昭和十四年まで、この名古屋陶磁器会館のすぐ東の東区前ノ町十二番地で仕事をしていた。私は、少学五、六年生の頃（昭和十年頃）親の使いで度々、その家へ行ったが、ほとんど伯父さんの顔を見ることはなかった。

伯母は、食事時になっても伯父を呼ぼうとはしなかったからだ。「あの人は、仕事一点張りだから、いつ食事に来るかわからん。さあ、食べよう、食べよう」。食べ始めたところへ、伯父がニコニコ顔で現われ、「やあ！　よく来たねえ―。いっぺん工場を見て行くかい」と、機嫌よく案内してくれたことがあった。

肥田商会は、陶器の絵付が専門であったので、工場に入ると、素地《きじ》を拭く人、絵の具を溶いている人、素地に絵付けしている人、転写を貼っている人、それを点検しながらトンネル窯に入れている人など、十数人の人がそれぞれ忙しそうに働いていた。

伯父は、多治見の北にある川辺町《かわべちょう》の生まれで、早くに父親と死別したので、義務教育を終えると、すぐ名古屋へ働きに出て陶器の絵付けを覚えた。仕事一途に苦労して、他人の追随を許さない絵付け金腐蝕の技術を独自のものに完成させ、成功した人である。そして、父の姉と結婚したのだが、その経緯は誰からも聞いてはいない。今となってはそれを知っている人はいなくなってしまった。

伯母は、「私の生まれた清水家は、代々京都の公家の家系であった。先祖代々の墓は京都大徳寺内にある。ご維新で貧乏にはなったが、私の父親は、若い頃御典医《ごてんい》だったので薬の調合はお手の物だったから、前ノ町にいた頃は、うちで陶器の絵の具の調合をやってもらっていたのだよ」と話していた。いつごろのことだったのか、その祖父が何歳まで働いていたかなどの詳しいことは、残念ながら聞かずじまいであるが、今となってはどうしようもない。

平成十三年、多治見市在住の従兄弟肥田文男さんから、「岐阜県陶磁資料館で『金腐蝕』の特別企画展が開催されるので、ぜひお越しください」と誘われたので、早速、肥田家へ出向いた。

案内されて、以前作業場として使われていた車庫へ入ると、目前に、五十年前の亡き伯父が現われたようなそんな錯覚を覚えた。

そこは、伯父が弗化水素水《ふっかすいそすい》を使って腐蝕作業をしていた場所だ。あの作業中、私が前触れなく顔を出したことがあったが、その時の伯父の一種独特のちゃめっ気のある顔は、今もはっきりと覚えている。

「あの時の伯父さんの顔は、あたかも子どもがいたずらをしているのを見つけられた時のような顔だったなあ!」と、私は思い出話をはじめた。

「ウッ、臭い! これ、弗化水素の匂いですねえ! って大声を出した私に伯父さんは『ちょっと、今、ないしょの仕事をしているんだよ! この作業をやって磁器の表面を腐蝕させないと、上絵が定着しないのだよ。これは、わしの専売特許でね……。いまはN陶器の依頼で仕事をしているのだ』と、自慢していたね」

私はその時、あれが金腐蝕の作業の一部であったことを再認識していた。

「おやじさんは、この仕事を他人に見られるのを、ものすごく嫌っていたから…」という文男さんに、私は、「長い間、気むずかしかった伯父さんの手足となって、随分苦労したねぇ！　ほんとうに、ご苦労さんでした」と、心からねぎらった。

岐阜県陶磁資料館へ行くと、正面玄関入口頭上には、『金が綾《あや》なす豪奢《ごうしゃ》な文様金腐蝕《きんくさらし》展』と、大きく看板が掲げられていた。展示場は、一部屋だけだったが、百数十点の金彩の洋食器類が部屋中に並べられ、光沢が輝いたものと、つや消しのものが、白地に赤・青・黄・紺・黒色などの綾のなかで躍っていた。

会場中央にでんと据えられた、普通の陶器皿とは一味違った直径五〇センチほどの「竜文大皿」が目に付いた。

「これは、中国の官窯製古陶器のデザインを参考にして、私が金腐蝕様に仕上げた皇帝の官窯のみが書くことを許される五本指の竜です。これは思い出の品ですから、誰にも売りませんよ」と文男さんがつぶやいた。

竜は想像上の動物であるので、書くのが難しいはずと、近寄ってよく見ると、筆の運びに随分苦労したあとがよくわかる見事な金腐蝕の作品だった。この金腐蝕の製造工程は、後日、文男さんに次のように納得いくまで聞いた。

一、図案を特殊なインキで印刷し、腐蝕用アスファルト転写を作る。二、白素地に貼りつけて、模様以外のところは特殊な耐酸性薬品で塗りつぶす。三、弗化水素水に漬ける。その時間は素地により異なるが、弗化水素によってデザイン部分だけが腐蝕され、表面に段差ができる。四、水洗いし、乾燥してから、油分などの汚れを飛ばすため、空焼きする。五、いよいよ金液または銀液で模様を描き、摂氏八百度で焼成すると、腐蝕された部分はへこんでいるから、つや消し状態となり、腐蝕されない部分は鮮やかに光輝き、絶妙な浮き彫り模様が出現するのである。

デザインによっては、赤・黄・青・緑などの顔料も同時に焼成することができる。

これが金腐蝕製造工程の大略である……。

「口で言ってしまえばこれだけだが、やっていると、いろんな問題点が出てきて、商品として売り出すまでには数え切れない苦労があった。例えば、転写を素地に貼る作業中、素地から転写が浮いて、デザインがぼけることが度々あり、長い間悩んだこと等忘れられない苦労だったね。商品には納期があり、百発百中を要求されるからね」と、苦心談を交えて語ってくれた。

一月三十一日夜、文男さんから、今日、中日新聞とNHKが取材に来たと、知らせがあった。翌月六日、NHKテレビが、昼のニュースの時間にとりあげ、展示場の模様を四、五カット写し出し、「この多治見のメーカーが廃業したので、金腐蝕の技術は、日本では二社しかなくなった」と説明していた。

四十年前のこと、伯父さんが亡くなる三日前、一日だけ看病したことのある私の妻は、

「あーあ、もったいない！　もったいない！　さんざん苦労して、自分のものにした貴重な金腐蝕の技術を、むざむざなくしてしまい、さだめし、伯父さんは草葉の陰で泣いているだろうなあ……」と、嘆いていた。

結婚までの四年間、N陶器に勤め、現在川崎在住の娘は、

「なーんだ、あの金腐蝕は、多治見の大伯父さんが作っておられたのか？　道理で！　工場へ行くたびに、目を皿のようにして捜したけど、現場にそれらしき職場がなかったわけだわねえー。それに、注文してもなかなかできてこなかったのは、そういうわけか……。そうそう、値段もけっこう高かったよ！」

と、受話器の向こうで、二十数年前の数々の疑問が、やっと氷解した様子だった。

それにしても「きんくさらし」とは、何と良い響きの日本語であろうか！　この快い響きのある独特の業が、私の傍《かたわ》らから消えたことが残念でたまらない。

二つの祖国を生きる

浜崎　慶嗣
（アメリカ在住）

「開戦」　昭和十六年十二月八日

♪守るも攻むるも黒鉄《くろがね》の　浮かべる城ぞ　頼みなる……
（鳥山啓作詞　瀬戸口藤吉作曲）

その朝、早目に登校した私は、突然威勢のよい、日本帝国海軍伝統の「軍艦行進曲《マーチ》」を、職員室窓際に設置された校内放送用巨大スピーカーから聞いた。場所は鹿児島県指宿郡《いぶすきぐん》頴娃村《えいそん》別府小学校である。つづいて思わず耳を疑うような放送を耳にしたのである。

「こちらは大本営発表。臨時ニュースを申し上げます。本日未明、わが帝国陸海軍は南太平洋上で米英両国と交戦状態に入れり……」

当時小学四年生だった私は思わずスピーカーににじり寄った。

「なになに、日本がアメリカと戦争を始めたと?……するとアメリカに住んでいる父は、一体今後どうなるんだろう?」これが私の放送直後の率直な感慨と疑問だった。

私は、父慶《けい》、母静子の長男として、アメリカ合衆国カリフォルニア州フレスノ市で生まれた。当時アメリカでは、否、全世界的に未曾有《みぞう》の恐慌が吹き荒れていた。都市部には失業者があふれ、人々は職を求め路頭をさ迷っていた。フレスノで細々と農業と小さな八百屋を営んでいた父は、農村地帯だったせいか直接被害を受けた様子はない。

しかし日米開戦時は酷《ひど》かった。開戦二カ月後の一九四二(昭和十七)年二月十九日、ルーズベルト大統領令第九〇六六号により米国西海岸に住む日本人及び日系人十二万人余が、強制的に米国内十カ所の「戦時転住所(ウォー・リロケーションセンター)」という美名に隠れた強制収容所に隔離収容されたのである。その際天皇を崇拝し日本の必勝を信じ、米国への「忠誠登録」(LOYALITY REGISTRATION)に「ノー」と答えた父は、当然最も苛酷な、加州最北端に位置する極寒の湖底に建てられた「TULE LAKE《ツールレイクキャンプ》強制収容所」に逮捕監禁されたのである。

一九三十年代当時、在米日本人にとって最も関心を集めたのは、不況より、不穏な日米関係だった。人々、特に有識者層の一部では、ラジオのニュースや人々の噂話などから日米の雲行きが怪しく、日米開戦が近いことを予測していたようである。ちなみに当時の日本をとり巻く世界状勢を瞥見してみると、中国奉天郊外の柳条湖鉄道爆破事件に端を発した「満州事変」（昭和六年九月十八日）の勃発。それに関連し上海で起こった「上海事変」（昭和七年一月二十八日）の発生。つづいて元清の宣統帝溥儀をかつぎ出して満州国を建設（同三月一日）するが、これに対し日本の満州国からの撤退を勧告した国連（国際連盟）決議を不満として、遂に国連を脱退（昭和八年三月二十七日）。このような日本の中国（当時の呼称「支那」）への介入（「五族共栄」「大東亜共栄圏の建設」を口実とした中国への軍事干渉、植民地化）が、同地に権益を持つアメリカをはじめ欧州各国を刺激し、近年日米開戦が起こることが予測された。

したがって父は、早晩日本へ帰ることを決心し、その前にまず妻子を日本へ帰そうと考えた模様である。「世界に誇る一等国日本の教育を子どもたちに授ける」というのが、妻子帰国の大義名分だった。

当時四歳の私は、二歳の妹俊子とともに母に連れられて、父母の故郷鹿児島県薩摩半島最南端に聳《そび》え立つ開聞岳《かいもんだけ》（標高九二二メートル）と鰹の漁港として著名な枕崎との中間に位置する頴娃《えい》町（当時は頴娃村）水成川《みずなりがわ》の母方の祖母別府スエの家へ帰されたものである。

帰国後から開戦までの間、子どもだったせいもあり特記すべき思い出はない。ただ祖母の家が村で一、二を競う素封家だったことと、父からの送金で生活していたためか、経済的窮乏の体験はない。アメリカから純毛のオーバーコートやピカピカの三輪車を送ってもらって、それを得意になって友人たちに見せびらかしたこと。そのため友人たちに妬まれ「父《てて》なし子」と苛《いじ》められた以外、嫌な思いをした経験もない。年に数回アメリカの父へ送る写真を撮るため、母や妹と枕崎の写真館に省営バスで通うなど楽しい日々を過ごしたことを思い出す。ただ今でも強力な印象として残っている光景がある。それは写真撮影の帰途だったと記憶するが、夜半、枕崎港の沖合いに灯りを消して碇泊している巨大な群影！

あれはその影から判断して間違いなく、航空母艦と戦艦・巡洋艦の群であった。

日米開戦がもうそこまで迫っていたのであろうか。ちなみに錦江湾（鹿児島湾の別称）を真珠湾に模して雷撃機による急降下爆撃訓練を敢行していたのは確かこの頃である。

そしてこの片田舎のおだやかな生活が、日米開戦により一変したのである。ラジオのニュースはつづく……。

「帝国海軍は、ハワイ諸島に停泊中の敵戦艦、巡洋艦、駆逐艦など、米太平洋艦隊をことごとく撃沈、撃破し、壊滅的打撃を与えたり……」

人々は狂喜した。もちろん私もである。しかし、このニュースの代償はあまりに大きかった。アメリカの父からの通信と仕送りが途絶えたほか、私ども一家が「アメリカ帰り」と知れると、母などは村の駐在巡査（思想刑事）の尋問を毎日のように受けた。防諜上不審な行為がないか昼夜見張りされただけでなく、子どもの私たち兄妹にまで隣近所の右翼親爺や悪ガキどもから石を投げられたり、唾され、妹など毎日のように学校から泣いて帰って来ていた。

太平洋戦争は、私たち庶民の戦争でもあった。

「機銃掃射」　昭和二十年六月二十五日

「あッ！　危ないッ、飛び込めッ！」

私は背後から台風のような圧力に押され、畳をかついだまま眼前の防空壕に転がり落ちた。

終戦二カ月前の寄宿舎内での出来事である。当時私は、鹿児島県立旧制指宿中学の寄宿舎におり、二年生だった。その日はちょうど大掃除で、各自自室の畳をはがし、壁に立てかけ日干しをしていた。

正午前だったろうか、突然「警戒警報」が鳴った。いつもこの時間になると鳴るので、「ああ、また〝Bさんの定期便〟か」とあまり気にせず畳運びに専念していた。戦時中の食糧難で、高粱飯《コーリャンめし》小皿半分に、塩水に南瓜《なんか》の葉を数枚浮かべた食事では育ち盛りの少年に重い畳運びはこたえたが、上級生の命令では仕方なかった。

その直後事件は発生した。けたたましい「空襲警報」発令とほぼ同時に、異様な物体が屋根と屋根の隙間から音もなく現れたのである。グラマン戦闘機だ！　あまりに突然の出現に私は呆然と突っ立っていた。その時である。「あッ！　危ないッ、飛び込めッ！」と誰かに背中を押され、私は眼前の「タコツボ」（路面に掘った簡易防空壕）に転がり落ち、九死に一生を得たのである。私を押した上級生は、私の畳が邪魔して入り損ね負傷した。

今でも、あの憎い赤鬼のような顔をし、不敵な笑いを浮かべたパイロットの顔を思い出すことができる。六十余年たった今でも、ゲーム感覚で非戦闘員を襲う非人間性を許すことはできない。それとも戦争とは、どんな良識を持った人間をも悪魔の狂気に駆り立て得るものなのだろうか！　いずれにしても、あの親切な上級生がいなかったら、また終戦が一、二カ月遅れていたら、日本本土最前線にいた私の今日はない。当時の戦局は、硫黄島の日本軍玉砕（昭和二十年三月十七日）、米軍沖縄上陸（同四月一日）、戦艦大和沈没（同四月七日）、沖縄玉砕（同六月二十三日）とつづき、日本は八月十五日の敗戦に向け、一気に坂道を転がり落ちていた。

「終章」　平成十九年八月十五日

今日は六十二回目の終戦記念日である。そして私は今、生まれ故郷のアメリカに戻り生活している。もう二度とアメリカへ戻ることはないと思われながら、帰米した事情については、「かすがい市民文化財団」発行のビジュアル自分史『手帳は語る。』（水曜社刊）に「数奇なターニングポイント」として詳述した。

二重国籍ゆえ翻弄されたわが人生。今、私は、戦争中「鬼畜米英」と罵《ののし》った国、そして私を射殺しようとしたグラマン戦闘機のパイロットの国で禄を食《は》んでいる。二つの祖国を持つが故に太平洋戦争に翻弄された人生。わが生の続く限り、戦争による最大の被害者は、われわれ庶民であることを訴えつづけたい。

風がわたしを呼ぶまでに

久保田　照子
（大阪府）

一九三七年、日中戦争が勃発したが、その頃はまだ平和気分だった。やがて社内の男性や身内から、一人また一人と召集令状が届きはじめた。街のあちこちで出征兵士を送る万歳の声が耳に入るようになり、私も大人たちに混じって千人針を道行く人にひと針ひと針お願いして慰問袋に入れた思い出がある。それがどんな役割をするのか知らなかったが、弾よけになったとか聞く。

この頃「愛国行進曲」という一般から応募した歌が街中に流れていた。歌はその時代の背景をよく表し、人々の心を戦時中という自戒の念に、徐々に押しつめていった。歌は世につれ、世は歌につれとはよく言ったものだ。

映画も外国ものが排除され、日本映画も軍国もの一色になっていく。それでも映画館はどこもかしこも満員で、人々は乾いた心をスクリーンで癒していた。特に最初に上映される日本ニュースでは、日本軍の勝利の姿に拍手を送っていたものだ。

戦前より勤めていた会社で、私がひそかに憧れていた経理部のTさんから、思いがけず声をかけられた。「心斎橋の田園喫茶で、次の日曜日午後二時に待つ」。早口で短い言葉だが私はその一語一語しっかり受け止めた。

そしてその日曜日が来た。「田園」の二階は入口からすぐ見上げるとテーブルが見え、螺旋《らせん》階段を昇りつめると、Tさんはすぐ見つかったが、ひとりではなかった。

黒い詰め衿《えり》の学生風の男性が側にいた。彼は京都外語大学の学生で、学徒出陣が決まったという。今日一日、思い出を残すために彼と付き合ってくれとTさんは言う。何て無神経な人だろうと、私は失望したが、ここまで来て断るわけにはいかない。Tさんは私たちを残して「田園」を出て行った。

これからの予定は、と彼が言ったとき、初めてドキリとした。予定はまず映画だった。戎《えびす》橋の松竹座で、コリンヌ・リュシェール主演の『格子なき牢獄』という洋画を観た。男性と肩を並べて映画を見るのは初めてで、身を固くしていた。映画のあとは京都に向かい、彼の父の馴染みの店で京料理を食べた。

そのあと再び彼は私を大阪まで送ってくれた。駅で別れる時、彼は私の両手を強く包みこみ、「今日はありがとう。楽しかった。生きている間は、今日のことは忘れない」。それだけの言葉を残してきびすを返し、長身の彼の姿は、あっという間に人波の中に消えた。

わけもなく涙がこぼれた。このままでよかったのだろうか。もっと話をすればよかった。無事に帰られたら、きっとお会いしましょう、とわたしは心の中でささやいた。

一九四一年十二月八日、日本の真珠湾攻撃から太平洋戦争が始まる。京都の彼も二度と還らぬ人となったと聞く。一九四四年秋、神風特別攻撃隊で多くの若者が散っていった。Tさんにも赤紙が届き南国の地で散った。こうして私の青春もひとつ、またひとつこわれていく。

この年の十一月アメリカ空軍の爆撃機Ｂ29が東京を初めて空襲し、翌年の三月十四日未明には大阪大空襲があり、そして八月には広島に続いて長崎に原爆が落とされた。

この頃、わたしは海軍軍需部に志願して、軍属として第六海軍燃料廠に配属されていた。台湾に向かう航行中、爆撃を受けて船が沈没するという報告を何度か受けた。

その頃、毎日のようにＢ29は関西の上空を飛んでいた。警戒警報は鳴らずに、いきなり空襲になることもある。六月には軍需部周辺北浜あたりに大型爆弾が投下されて、地下に避難したものの、地面をゆるがす音に、生きた心地はなく恐怖にさらされた。

ある日、軍需部の隣の空き地で防空壕掘りの作業をしていたが、突如空が暗くなったと思うと、低空の飛行機だった。体の傍《かたわ》らを機銃掃射の弾が走った。あっというまの出来事だった。私は今でも、あれは夢だったのではと思う。生きていたことが奇跡であるから。

大阪大空襲のときは南のナンバ近くにいた。街中は火の海に包まれ、人々は南海電車の高架の上に逃げた。私もそのひとりである。しかし高架の両側から燃えさかる民家の炎が線路の上まではい上がる。炎を避けながら南に向かって歩む人たちに、容赦なく弾が落ちてくる。バタバタと倒れ傷つく人々——これが戦争の修羅場なのだ。

相手のことを気づかう余裕はない。自分の命を守るのが精いっぱいだった。どうして高架を降りたのか記憶にない。顔が熱かった。まつげも眉も焦げていただろう。民家の表にある防火用水の水が湯になっていた。それでも頭巾《ずきん》を浸し、頭にかぶって再び逃げた。

地下鉄の階段附近に大勢の人が亡くなっていた。炎と煙が地下に充満して苦しくなって出てきた人たちだろう。どこへ逃げても死が待っていた。

夜が白々と明ける頃、やっとたどりついた小学校の校庭に、次々と死体が運ばれてくる。生きていることが不思議だ。これを天命というのだろうか。街中はまだくすぶり続けている。私の養父母もこの学校の講堂にいたことを確かめ、しばらく休息したのち、私はひとり我が家のあった方向に足を向けた。

近くに日本冷蔵の建物があった。さすがにコンクリートの固まりのような「日冷」はそのまま残っていた。その裏側、通り一つ隔てた所に我が家があったのだ。

街は遠くまで見渡せられるほど広く広く感じる。何ひとつ残っていない焼け跡に、花柄のような布地がひらひらと動いていた。

ああそれは、私の大好きな花柄の着物の一片だ。まるで、ここだよと教えてくれているようで、私は初めて泣いた。声を出して泣いた。ひとつかみの布地を手に取ると、私の手の中で布地は崩れて、吹いてきた風に乗って散っていった。それはまるで私の生命と引き換えのようだった。今、そう思えるのである。

こうして今なお、敗戦六十二年後も健やかに、生きる喜びを手記に残せることは幸せである。戦争はすべてのものを奪っていった。青春という貴重な時代さえも。だが私は後悔はない。むしろ生きるための強い意志を持てたことに感謝している。

六十二年目の夏が来た。あの八月十五日の夏も、ぎらぎらと太陽が輝いていた。クーラーのない軍需部の一室で玉音放送を聞いた夏、ふしぎに汗が出なかった。女子理事生が肩を寄せ合って泣いていた光景が今も目に浮かぶ。

わたしのこの記録に参考資料はない。わたしの実体験だから。戦争体験を語り合えた人はいないし、わたしも一切語らなかった。信じてもらえる気がしなかったし、わたしの心の中ではタブーになっていた。こうして記事に残せるのは、もう今しかないと思えた。やがてわたしも、天の風が迎えにくるだろうから。

八月八日。広島の原爆記念日の二日後、マンガ家・こうの史代さん原作の映画『夕凪の

街　桜の国』を見た。戦争体験者ではない戦後生まれの若い女性が、よくここまで資料を集めて書かれたものよと驚く。たとえプロのマンガ家といえど。

映画は原作に忠実に編集されていた。東京や大阪の大空襲よりも悲惨な広島、長崎のことは、この六十二年の間に、書籍や写真、テレビ等で認知しているけれど、被爆から十年を経た昭和三十二年になってもなお、新たに被災者と認められる人々がおられたことが、戦争の怖ろしさを物語っている。

映画を観に来ている人たちを見ると中年くらいの年代の人が多くて、十代の若者や、私のような高齢者の姿はほぼない。この現象を何と見ればいいのだろう。戦争という大きな舞台の陰に隠れ、原爆後遺症に悩み続ける人たちが未だいるという事実を、知っていくことしか私たちに為《な》す術《すべ》はない。

一枚の絵葉書

川西　盛也
（愛知県）

一九四一年、兄は日中戦争で戦死して帰らぬ人となった。兄はその二年前に現役入隊し、中支の戦地に派遣されていた。享年二十四であった。

最愛の息子を亡くした母は、悲しみ、泣いて泣いて涙を涸《か》らしたと聞いた。戦争は惨《ひど》い。残された家族六人（父母と二人の姉と一人の兄）は我が家の大きな柱を失い、以降数年にわたり苦しい生活を強いられた。

この年日本は米英に対して宣戦布告、真珠湾攻撃を開始して太平洋戦争に突入していった。僕は末っ子で四歳であった。

ここに一枚の絵葉書がある。

一九四〇年頃に兄が戦地から姉（志げ子）に宛てて投函した絵葉書で、表面の上半分には志げ子の住所と氏名、そして兄の所属部隊名と氏名が書いてある。切手を貼付する欄には切手は貼ってなく、「軍事郵便」と印刷してある。

下半分は文書になっているが、初めの二行は読み取れず、三行目からは、

「――ことと思ふ。兄も元気で軍務に励んで居る。父さん母さんのゆうことはよくきき、勉強して姉弟と仲良くするんだよ。引本も寒いだろう。此《こ》の写真は支那の子供だよ。体を大切にな。元気で、さようなら」

と万年筆で書いてある。裏面は「日本兵と支那子児」のカラー写真が印刷してある。

この絵葉書を受け取った志げ子姉は、この時十歳であった。

二〇〇一年のお盆に僕は田舎へ帰り、志げ子姉の家に一晩泊めてもらった。その時、書類箱を整理していた姉が、この絵葉書を初めて僕に見せてくれた。

「あんにゃんから来た葉書だよ。大事にしまっといたんだよ」

僕はびっくりして二、三度読み返した。そしてしばらく考え込んでいた姉は、

「この葉書ねえ…あんた、あずかっといて」

僕は深く考えずに、

「そお。じゃあ、預かっとくわね」

そう言って名古屋へ持って帰った。

よく考えてみると、この葉書は姉にとって「兄の形見」だったように思われてならない。

絵葉書の裏面

一九四〇年頃に手にして以来、二〇〇一年までの約六十年間「たからもの」のようにして肌身放さず、大切に大事にして持ち長らえてきた。永い年月の間に相当傷んでしまい、初めの二行は読み取れないほどだ。それがかえって年輪を感じさせる。

年が明けた二〇〇二年の九月、姉は、くも膜下出血で急逝してしまった。それまでは元気で病院通いもなかった。

自宅で入浴中に異変が生じ、救急車で病院へ運ばれたが、意識が回復せぬまま他界した。不思議なこともあるものだ。半世紀以上も大切にしまっていた絵葉書を、僕に託してすぐの出来事であった。何かこの葉書にまつわるエピソードもあっただろうに、と悔やまれてならない。

志げ子は次姉で、長姉は達者で今も田舎で暮らしている。長姉に、この絵葉書のことを尋ねたことがある。

「覚えてないねえ　そんなことがあったかなあ。わたしには葉書が来なんだねえ」

長姉には関心のないことのようであった。

されど、この葉書は戦争の生き証人であることは、疑う余地もない。

時は流れ、二〇〇七年となり、僕は七十歳の古希を迎えた。これを節目に墓地の改葬を選択した。

遠い田舎への墓参も、年を取るにつれ、いろいろと不都合が生じる。今住んでいる名古屋に墓地を買い、田舎に眠る父母と二人の兄のお墓を引越すことに決め、準備がほぼ完了した。

僕の三人の子どもたちはそれぞれ親元を離れ、独立して名古屋に住んでいる。孫は六人を数える。この家族の者たちには、事あるごとに「先祖を敬う心」を話してきている。

今年のお盆には、この絵葉書のことや墓地のことなどを話し合った。絵葉書も皆に見せてやった。

いつかはこの葉書を、このうちの誰かに保管を願うこともつけ加えておいた。

「我が家のお守りだね」

と家内から一言あった。

戦時下の満州女学生生活

池田　貞恵
（東京都）

私は物心ついたとき、満州国安東市《アントウ》（現中国東北地方丹東市《タントウ》）に住んでいた。そこは旧満州の最南端にあり、鴨緑江をはさんで対岸は朝鮮の新義州という国境の町だった。

町は京都を模して造られており、道路は碁盤の目に走っていて、大通りにはイチョウやアカシア並木が連なり、初夏にはアカシアの白い花が甘い香りを漂わせて咲いていた。北には春に桜が満開に咲き、お花見が楽しめる鎮江山があり、南には鴨緑江が悠々と流れ、冬には一メートルくらいの氷が張りスケートができる、のどかな雰囲気のある町であった。

一九四一年十二月八日、早朝。大本営より、「帝国陸海軍は米、英軍と戦闘状態に入れり、今朝未明真珠湾を奇襲攻撃し、赫々《かくかく》たる戦果をあげた」というニュースがラジオから流れてきた。この日から日本は「大東亜戦争」（太平洋戦争）という大国相手の無謀な戦争に突入していった。これが、やがて私たちを泥沼の苦難の中に引きずり込んでいくことになるとは、この時知るよしもなかった。

その後、マレー沖海戦、マニラ、シンガポールなど、南方戦線での戦果が続々と発表され、日本は勝ち戦をしているものと、庶民は信じて疑わなかった。

翌年春、私は憧れの高等女学校に入学することができた。いざ合格して制服を注文することになると、戦時中だからと文部省指定の上着はヘチマ襟《えり》で腰にはベルトがあり、下はフレアースカートになっていて、セーラー服を着るのを楽しみにしていた私はがっかりした。また靴は牛革がなくなり豚皮でつくられた。豚皮は表にブツブツと毛穴があり、牛皮より硬くて足に馴染まず、憧れていた女学生の服装とのあまりの差に悲しかった。授業も、英語は敵国語だからと、一年生の一学期でなくなってしまった。頭の柔らかいうちに英語を習えなかったので、今でも横文字アレルギーだ。

二年生の春、満州国皇帝陛下の御巡視があった。満州国皇帝とは一九三一年、日本が中国最後の皇帝「溥儀《フギ》」を担ぎ出し、満州国皇帝とした傀儡《かいらい》皇帝であった。私の学校も巡視コースに入っていた。各学年からひとつずつ演目を出すことになり、毎日演目の練習をする人と、床をピカピカに糠《ぬか》袋で磨く人に分かれて、学校中大騒ぎになり、授業はほとんどつぶれてしまった。それでも女学生らしい勉強ができたのは二年生までで、その後は戦況が悪化していき、私たちの生活にも暗い影を落とし始めた。

明けて一九四四年になるとますます戦況は悪化、マーシャル群島陥落、サイパン玉砕などのニュースが入ってくるようになった。三年生になった私たちは、食糧増産という国の方針で、スコップや鍬《くわ》を担いでお米を作りに町の郊外まで行くことになった。今まで田んぼなど見たこともなかったのに、ヌルヌルする田んぼに入っての田植えは、ヒルに吸いつかれたり、足に怪我をしたりと、町で育った私たちにとっては大変な作業だった。

またその頃、豚を飼うことになり、校庭の隅に豚舎が作られ、飼育係は私たちの学年だった。夕方大八車を引いて料理屋さんの勝手口に行き、「豚の餌にする残飯をください」と、餌をもらって歩くことは大変恥ずかしく、惨《みじ》めだった。

二学期に入ると、軍の袴下《こした》（ズボン下）やシャツを縫う勤労奉仕が始まり、家にミシンのある人は、学校には材料をもらいに行くだけで、毎日家でミシン掛けをして授業は全くなくなった。通知表には「勤労奉仕のため学課の査定を行わず」と書いてあった。

その年の九月、予備役軍人の父にも召集令状が来て軍隊入りした。家族は母と姉、妹、弟の五人になり心細くなった。

三年生の修了式の夜、奉天（現在の瀋陽《しんよう》）から汽車で一時間ほどの、文官屯《ぶんかんとん》という所にある軍需工場に、学徒動員されて出発した。そのころの服装は、上着は標準服で下は着物で作ったズボンを履き、ズボンの裾はひも状の「げーとる」を巻き、戦闘帽をかぶって敬礼をするという勇ましい姿であった。

軍需工場では、旋盤、研磨、プレスなどの機械と、仕上げ部といってヤスリで磨く組に分かれて、飛行機の部品を造るのが仕事だった。適性検査で私は研磨に配属された。機械は、踏み台を使わないと動かせないほど大きなものでとまどった。作業で研磨した部品は、マイクロメーターという計測器で一〇〇分の一ミリまで計測するほど精密なものだった。大変難しい作業で、検査に持って行くとオシャカ（不合格品）ばかりだと怒られ、悲しくなり家に帰りたくて毎日半ベソをかいていた。

寮から工場までは軍歌を歌いながら通った。道端にピンクの花が美しく咲いていたので、桜だと喜んで近づくと杏《あんず》の花だった。満州では安東にしか咲かない桜が懐かしかった。

まもなく夜勤が始まった。ごく一部の軍国少女だった人たちが、

「私たちにも夜勤をさせて下さい」

と血判状を出したので、私たち女学生にも夜勤が始まることになり、大変だった。

そのころの食事は、朝は大豆のほうが多いご飯、昼は高粱《コーリャン》ご飯、夜は麦ばかりのようなご飯だった。高粱ご飯は、どんなにお腹がすいていても食べられなかった。

ある日、夕食に赤飯と紅白のお餅が出たので、何があったのかと驚いていたら、アメリカのルーズベルト大統領が死んだので、まもなく日本は戦争に勝つ、その前祝いだといわれた。私たちは、もうすぐ家に帰れると大喜びした。なんと単純なことと思うが、そのこ

ろの私たちはアメリカの大統領制がどんなものかよく知らなかったのだから仕方がないと思う。

七月十五日、突然動員解除になり帰校するよう命令があった。今度は本土決戦に備えて沖縄の女学生に続けと、看護婦教練が始まった。教官は軍人で、衛生学の講義や炎天下の校庭での包帯巻き、タンカ運び、ほふく前進など厳しい訓練の毎日だった。内地から、

「広島に新型爆弾が落とされ、多数の死者が出たそうだ」

という話が伝わってきた。

八月九日、突然のソ連参戦に皆信じられない思いだった。ソ連とは一九四一年に日ソ不可侵条約が結ばれていたので、関東軍の主力はほとんどが南方戦線に移動しており、戦闘能力も武器もない召集兵がソ満国境を守っていた。ソ連軍はあっという間に、満州の首都新京（現在の長春）のすぐ近く、白城子《はくじょうし》まで戦車で侵攻して来てしまい、満州は大混乱に陥った。

北満の開拓団の人たちは、ソ連の戦車に追われて続々南へ南へと避難してきたので、満州の国境、安東駅前広場は避難してきた人々で溢《あふ》れた。どうなっているのか詳しい状況が伝わってこないので、皆不安だった。

八月十五日、真夏の青空が広がる暑い日、お昼に重大放送があるからと、校庭に集めら

れ玉音放送を聞いたが、雑音ばかりで何を言っているのかよくわからなかった。その後、校長先生の説明で、

「日本が戦争に負けて、無条件降伏したので、今日は帰ってよろしい。連絡のあるまで自宅待機」

と言われて帰宅したまま、学校は中国軍に接収され閉鎖されてしまった。

四年生になってから一度も教科書を手にすることなく、一番楽しいはずの女学生生活は戦争一色に塗りつぶされてしまった。

「欲しがりません勝つまでは」の合言葉で、食べることも、着ることも、勉強することも我慢する毎日だった。最後は神風が吹いて勝つと信じていたのに、とうとう神風は吹くことなく日本は戦争に負けてしまった。

軍隊も警察もなく治安の悪い中、翌年引き揚げが始まるまで、日本人同士助け合いながら一日千秋の思いで日本に帰れる日を待った。

炭焼きの煙

木村　妙子
（愛知県）

昭和十四年頃、東加茂郡賀茂村地方の木炭は、品質がよく養蚕に適しているとの評判で、需要が多かった。一俵の値は高値の約一円五十五銭もして山村農家の収入源であった。家でも祖父の時代から冬場は炭焼きを続けてきた。ところが、太平洋戦争の激化とともに、村では兵役による労働力不足と養蚕農家の減少と重なり、木炭の生産量は年々減っていった。その上、昭和十五年から二十四年までは国の統制により値段は上昇しなかった。それでも母は、父の作った炭窯で炭焼きを続けていた。

炭焼きという全く勘をたよりの仕事にどれほど母は悩まされ続けたことか。炭焼きの炭の字も知らないのに、その責任を持たされた。失敗の連続から学び取っていく技は一人前というには遠い道のりであった。

灰褐色の煙が、山間の雑木林の梢いっぱいになびき、やがて青空へと消えていく。その煙の源は、早朝から母が口焚きしている炭窯の煙道《うど》からである。炭焼きの口焚きは十時間もかかる仕事である。

毎週、日曜日になると家から三キロの奥山へ子供たちは揃って登っていった。着いたとき、母はすでに三時間も口焚きを続け、顔を真っ赤にして、

「早ぅ着いたなぁ、芋が焼けとるよ」

口焚きの灰から取り出した焼きたての芋は、窯庭へ転がり出ていい匂いがする。

「熱いから佳子には皮を剥《む》いてやれ」

急いで皮を剥き、新聞紙でくるみ二歳の妹にもたせる。上の弟妹は争って大きいのを選び、瞬くまに焼きたての芋を平らげ口のまわりを真っ黒にした。そんな子供たちを、見て三十五歳の母は、親としての喜びを噛みしめる瞬間の笑顔だった。

「芋を食べ終わったら、舜二兄と妙姉は、木落としを手伝っておくりょ」

兄と私は向かいの山へ登った。振り返ると小学三年の妹と一年の弟も一人前に手伝うつもりで登ってくる。頂上では祖母が口焚きの粗朶《そだ》を揃えていた。二歳の妹だけは母のそばで遊んでいる。

木落しとは、前々に母が切り揃えておいた原木（長さ一メートル、直径一〇～一五センチ）を山の斜面に沿って下へ投げ、炭窯近くに集める仕事である。山裾めがけて力いっぱい投

げると、原木は宙を飛んで山の斜面に思い切り当たり、バウンドして、下へと落ちていく。子供にとってこんなに楽しい仕事はない。兄の投げる距離にはとても及ばないが、私も負けずに投げた。妹や弟でもかなり下の方まで投げる。子供たちは、炭焼きの手伝いを十分果たした。

口焚きの手を休めることのできない母は、

「妙姉は昼飯の支度をしておくりょ」

昼飯の支度といっても、家から用意してきた味噌を水で溶き、ネギと煮干しを入れるだけの仕掛けである。炭焼き小屋の中には、囲炉裏があり自在鉤《かぎ》がつるされている。鉄鍋をかけると、母が口炊きの熾《おき》をスコップいっぱい入れてくれる。その上に小枝を置くとすぐ燃え上がり、火焚きは簡単だった。煮立てるだけで味噌汁の出来上がりである。祖母も呼んで囲炉裏の周りに七人は座る。茅ばかりで作った炭焼き小屋の中は、六畳くらいの土間となっている。筵《むしろ》の上に座るとまるで縄文時代の竪穴式住居である。子供たちは珍しさにはしゃいで、ご飯はいつもよりたくさん食べた。

昼飯を終えると母はすぐ口焚きを続け、子供たちは原木を手渡しで窯の近くに運び、出し替えの四十俵分を積み上げた。

その頃には、短い冬の日は暮れかかってきた。二歳の妹を背負う兄、弟妹と祖母は道が暗くならないうちにと家路を急いだ。

私だけが、母のお連れで残ることになる。十時間焚き続けた口焚きは、原木に燃え移ったような勢いの良い煙がもくもくと吹き上がった。煙の量・臭い・勢いなどから判断して、焚き口に石板を立て風穴と覗《のぞ》き穴を残し、隙間なく泥で塞《ふさ》いだ。

それからは、覗き穴から窯の中の火つき具合を見たり、煙の色を見たりして完全に原木に火がつくのを待った。一時間も過ぎたころから煙の勢いがだんだん弱くなってきた。

「どうもあやしい、どうもあやしい」

独り言をいいながら、緊張した顔で煙と覗き穴ばかり見ていた。

「暗くなってしまった」

落胆しきった顔で、手荒く石板の泥を落とし、再び口焚きを始めた。

「お父ちゃんは、いつも火つきの悪い窯ばっかり作って、自分が口焚きしないからその苦労がわからんのだわ」

役場に勤める父をののしりながら、怒りは治まらないらしく、ぷりぷり顔だ。私は手伝いができず見ているだけだった。それからどれだけ焚き続けただろうか。煙の様子で、

「今度はついたような気がする」

「きっとついたよ。煙の勢いがいいもの」

煙のことなどわからないけれど、母を慰めたかった。煙道へ近づいて、煙の匂いを嗅いたり、覗き穴から見たり、これを何回繰り返したことか。暗くて煙の色が見えなくなると、松明《たいまつ》で照らして確かめている。目に湧く涙を手拭いで拭きながら、

「この煙はばかに目にしみるよ」

顔を手拭いで覆いながら涙声だった。私も役場にいる父が憎らしくなってきた。窯の作り方など難しさは知らないが、毎回、毎回母だけが困り果てる姿を見てきた。もっと時間どおり燃えつく窯を作ってほしい。

今度は煙も勢いよく出続けているので安心したのか、やっと笑顔が戻った。

「それじゃ帰ろうか」

祖母たちが帰って四時間くらいは経っていただろうか。人里離れた奥山の夜空は、星が木の梢を揺さぶれば落ちてきそうなほど低いところに輝いていた。しかし山道は、狐や狸とすれ違ってもわからないほどの真っ暗闇である。母は、「こんなに遅くなることは予測しなかったので、提灯は持ってこなかった」と言いながら、松の芯三本を縄で束ねて大松明を作った。大松明は赤い炎でめらめらと燃え闇夜を明るく照らした。それは家まで三キロの山道を照らし続けるのに耐えた。

こんな時でも母は炭俵三俵（四五キログラム）私も一俵背負った。山の斜面の獣道はおよ

そ五〇センチ幅。足を滑らせたら炭俵と一緒に谷底まで転げていく。踏みしめる私の足元を母は、松明を高く掲げるようにして照らし続けてくれた。緊張と怖さで腹の空いた事は忘れて急な山道をゆっくり下った。県道へ出ると所定の場所へ炭俵をおろした。重荷から解放されると急にお腹が空いてきた。県道は下り坂で、家までは二キロ余もあった。道は広いし背は軽いし、私は松明をかざして聖火ランナーの気持ちになった。母と私は、家へ向かって小走りで競争をした。

昭和三十年末のエネルギー革命で、木炭が不用となるまで炭焼きを続けてきた母。炭焼きは本来男の仕事とされる重労働であった。

原木の伐採、木炭の出し替え、俵詰め、背負い出しなど、どれ一つとっても体力なしでできるものはない。父の手伝いなどほとんど当てにせず、祖母と二人で頑張り通してきた。お白粉《しろい》を塗ることも口紅をさすことも忘れさせてしまった。娯楽の楽しみなど全くない時代に、気力と忍耐力で炭焼きの技を学びとった強い母。

私にとっては日本一の母である。

焼け牛の徴用

浅野　弘光
（岐阜県）

あの日は朝から強烈な太陽が照りつけ、早生のキュウリの葉がしおれるようにだらりとしていた。五十人の女工さんを抱えて絹紬《けんちゅう》を織っていた我が家は、昭和十八年に出された「企業整備令」により、たちまち織機が旋盤と入れ替えられた。母屋には軍人と旋盤工が入り込み、わたしたちは農家の道具小屋に引っ越した。しかし、わたしには「戦争に勝つまでは小屋で我慢」という仕込まれた信念によって、小屋が新鮮で自由な世界に感じられた。うだるような暑さも、勝利への試練のように楽しく思われた。

突然、「名古屋のほうから敵機が来る。子どもは頭巾を被れ、男衆は防火用水に集まれ」とトリ婆さまが叫んだ。

「あんな遠くに飛行機がいる。もう少し待てや」「わっちゃ、牛の草刈りに行ってくるでな」と牛飼いの竹さがつぶやいたとき、お宮の森の陰から舞い上がるようにB29が飛び出し、焼夷弾をばらまいて飛び去った。一瞬であった。焼夷弾はゆらゆらと村をねらったように落ちてきた。

「義っさの藁屋に落ちるぞ。はよう梯子や水をかけろ」

「違うぞ、竹さの屋根だ」

「子どもは蓮田に逃げろ」

大人たちの慌《あわ》てふためいた声が飛び交った。子どもは六年生の指示で美しい蕾《つぼみ》をもった蓮田の葉の下に屈《かが》み込んだ。

そのときである。「落ちる落ちる」という大声とともに牛小屋の屋根から火が立ち上がった。思わずわたしは立ち上がった。あっという間に牛小屋が炎に包まれた。

「はよ、牛を逃がせ」

「ぼやぼやしとるな。牛が焼け死ぬぞ」と、年寄りが怒鳴った。

瞬間、牛が「ませんぼう」(牛小屋の入り口に渡された棒)を「ベシッ」とへし折るように突き破ると、蓮田の畦道《あぜみち》を背中に火を乗せたまま走り去っていった。大人たちは牛小屋の火が母屋に飛び火しないよう消すのに夢中であった。

幸い焼夷弾は、牛小屋を除いて田に落ちた。小屋の火を消し終わった大人たちは、しばらくぼんやりして黙ったままだった。

「名古屋は大都市やで空襲が来るかもしれんと思っていたが、こんな田舎にまで爆撃するなんて、思ってもみんこっちゃ」と、誰かがため息をついた。

また、しばらく沈黙が続いた。牛小屋の持ち主の義つぁが、「小屋が燃えただけで済んだのは、たすかりもんや。牛小屋は燃えても牛は利巧で強いから帰ってくるわ」と、誰に言うとなくつぶやいた。大人たちは何の返事もしなかった。小屋のほうから、ジャガイモのこげた臭いがしてきた。


朝のまだ暗いときであった。

「トリ婆さま。大変じゃ。わっちの牛が焼け死んだ。引き取りに行くで、おまさん、どこかのリヤカーを借りてくれんか。おれの財産が死んだ。大変だ」と小屋の破れ戸を義つぁが叩いた。

婆さまは「わかった。うちの兵隊さんに頼んで引き取りに行く。義つぁは役場へ届けろ。代わりの牛は何とかするで、あてはあるが小さい牛ぞ」と慰めるように言うと、旋盤のまわる我が家へと走っていった。義つぁは、まるで腰が抜けたように小屋の入り口に坐ったまま、婆さまに手を合わせた。薄暗い村道を婆さまの小さい体がかき分けていくように見えた。

牛が焼け死んだことは、たちまち近所に伝わった。

「かわいそうやがしかたがない。義つぁに頼んで焼肉を食べさせてもらい、ほんの少しだが、麦を出して牛代のたしにさせてもらうか。よく働く賢い牛やった」と大人たちは家にある古材を持ち寄って仮の牛小屋を造りだした。朝はすっかり明け、肌を刺すような太陽が照り始めた。

「柳ケ瀬は丸焼けやったそうな。義つぁんに悪いが、牛一頭で済んだのはありがたいこっちゃ」などとささやきあっているとき、空のリヤカーを重そうに引きながら小さい体をさらに丸めてトリ婆さまが帰ってきた。

「婆さま、牛は、牛はどうしたんや」

大人たちは駈け寄った。しかし、婆さまはリヤカーの引き手を放り投げるとボソボソと語り出した。

「わっちが牛の焼けこげたところに着いたとき、もう牛は片づけられていた。わしが牛はどこかと尋ねたら、兵隊が持っていったと言うじゃないか。死骸でもいいからもらってこようと兵隊の泊まっている小学校へ行ったら、食料にするから返さないというじゃ。わっちは、頭に血が上がったのか、思わず、義つぁの牛だぞ。返せ、と怒鳴ったわ。そしたら、途端に直立不動の姿勢になって、上官の命令で徴用したというじゃないか。どうしようもない。義つぁ、気の毒やが我慢してくれ」と、婆さまは、ぼりぼりと首の周りを掻《か》いた。

「兵隊が食ったのか」

「他人のものを兵隊が盗んだのと同じだ」

「徴用なら泥棒してもいいのか」などと大人たちはわめき立てた。

そのとき、トリ婆さまが小さい声で、誰に言うともなくつぶやいた。

「国民を大切にしない兵隊は負ける。口惜しいが日本は負ける」

我が家を国のために明け渡し、「お国のためじゃから」と、何の文句もなく道具小屋に引っ越したトリ婆さまが「日本が負ける」と声を詰まらせてささやいた。

軍国少年であった私は、今まで一度も歯向かったことのない婆さまへ大声で怒鳴った。

「日本は強いんだ。負けるはずがない。婆さまは、牛が死んだからといって悔しまぎれに嘘をつくな」と、つかみかからんばかりに叫んだ。

「まあ、いい、弘光君。死んだ牛は帰ってこない。トリ婆さまは俺たち大人が心の底で思っていることを素直に言っただけじゃ。弘光君、それ以上婆さまに噛みつくのはよせ。見苦しい」と、牛を失った義つぁはわたしをにらんだ。

あくる日、わたしは校庭の松ぼっくりに向けて「マツカサ（マッカーサー）なんかに日本は負けんぞ。神国が鬼畜になんか負けるはずがない」と、小石を投げつけた。「牛が帰ってこないのはお国のためだ。兵隊さんを強くするためだ。婆さまは勘違いしている」と大声で叫んだ。しかし、「徴用の牛を兵隊さんが勝手に食べた」という噂が友達の間に広がっていた。

「おれも兵隊さんになって牛肉を食べたいなあ」

「兵隊さんはいいな。おれは絶対に兵隊さんになる」と友達は言った。

冗談で言っているとは思えなかった。

わたしは一人取り残されたような気持ちであった。

「負けるか。負けるものか」と心の中で叫ぶわたしを太陽は容赦なく照りつけた。

学童集団疎開——十一歳の一年四カ月

野田　信子
（愛知県）

その朝、いつもの遠足と同じようにリュックサックと水筒を肩に、帽子をかぶって家を出た。「行ってきます」と。

校庭のあちこちには大勢の父兄が来ていた。

「見送りには行かない。学校の決まりだから」

昨夜、父はたしかにそう言った。

「先生と一緒だからね、何も心配はない」

でも友達のお父さんやお母さんは、なぜこんなに。どうして……。

これが、わたしの「自分探し」の始まりだったのかも知れない。

昭和十九年八月

名古屋T国民学校の学童集団疎開は、三河の山奥にある小さな町（現在の豊田市足助町）で、五つの寺に分宿して始まった。

子どもを戦火から守るための疎開、縁故に頼るか、学校からの集団疎開かは、父兄にとって大問題だったが、父は学校を選んだのだ。

その対象になったのは三年生から六年生まで。わが家ではわたしだけだ。姉は女学校の一年生、妹は二年生、一番下はまだ四歳だったから。

山寺での疎開生活

そり返った大きな屋根を持つ本堂が、その日からわたしの家になった。三年生から六年生まで五、六名ずつの三十名弱と二人の先生は、金色に輝く仏様の前の畳に正座していた。

白いシャツに国防色のズボンをはいた大きな人が言った。

「ここは仏さんの部屋だ。走ったり、騒いだりしてはいかん。いいか、畳がすりへる」

スジスジの赤い顔で仁王様のように、座っているわたしたちを見下ろした。

これからの決まりなど、先生から長い長い話があったが、この日、十一歳の耳に残ったのはこの「畳がすりへる」だけだった。

この寺の和尚さんだと後で知った。

朝、自分の布団を自分でたたみ、本堂をいっせいに箒《ほうき》で掃く。タオルと歯ブラシを持って二、三分先の川へ並んで行く。透きとおる水が音を立てて流れていた。見とれているひまもなく、帰ると朝食。お庫裡《くり》のとっつきの部屋がにわか食堂である。一同手を合わせ、

「はしとらば　あめつちみよの　おんめぐみ　そせんや　おやの　おんを　あじわいいただきます」

勉強は、学年別に決められた寺へ歩いて行く。午前中の二時間だけだが、ここは同級生ばかり、はめをはずして笑い合えるうれしい所だった。お寺に帰って昼食。

午後には仕事が待っている。自分の小さな洗面器に下着などを入れて、ちょこちょこ手で洗うと、すぐに水がなくなる。三年生などが涙を浮かべていても、五年生だって必死だ。洗濯など初めてだったから。

週に一、二度、五、六年生は大八車をゴロゴロ引いて、食糧など山のようなかぼちゃも受け取って、五つに分け、各お寺に配る。

自由時間には手紙ばかり書いた。面会に来てください。早く来て、と。封をしないで先生に渡すので、どれだけが親の元に届いたか。

夕食の後は、集会。日夜、兵隊さんが頑張っておられる。小国民である君たちも、と先生から訓辞。

お風呂には半月に一度も入っただろうか、町の銭湯へ行ったのだけれど。

九時――消灯　ふとんの間からすすり泣きの声がもれていた。

慰問部隊と大地震

町の有志か婦人会か、数名の大人や子どもが寺に来て、歌や踊りを見せてくれる。それはそれで楽しいが、お返しをしなければならない。わたしのおハコは「九段の母」。日本手拭でほおかぶりして腰を曲げ、右手で杖をつきながら、

やァって　来ましたァ　九段ざかァ――

と、あえぎながら、一歩一歩、登場する……。

老婆が、戦死した息子を訪ねて靖国神社に詣でるという場面だ。どこで覚えたのだろう。誰かが脱走したとか、迷子になったらしいという噂もあったが、秋風が木枯らしに変わるころには、こんな生活にも馴らされていった。

十二月のある日大空がぐわりと揺れて、わたしたちは本堂の前の庭にひとかたまりになった。

「しゃがんで、しゃがんで！」

先生の声。あたりはシーンとして、青空が傾いて見えた。

「負けてたまるか」

突然、鋭い声がした。目の前、本堂の屋根の下で両手を広げて、

「こんな地震に、こんな地震に……」

仁王さまのようにふんばって、両手を高々と挙げ、大きな屋根を受けとめようとでもするように「わしの寺」と言い続けていたわが寺の和尚さん。これが、東南海地震であった。


名古屋空襲、そして……


昭和二十年三月、六年生全員が入学試験のため帰って行った。

「空が赤い……あれは、名古屋のほうだぞ」

そんな声を聞いた夜、三月二十五日にわたしの家は焼けた。帰って行った六年生が気がかりだった。入学試験はあったのかどうか、全員合格だったと後から聞く。

同年四月、新三年生が加わり妹も来たけれど、わたしは頼りない最上級生となる。

その頃、お寺に一人の若い尼さんが来て一緒に生活することになった。つるりとした頭が珍しくて、つい目がいってしまう。「じっとしててね」と、すき櫛で女の子の髪をとかしてくれる。毛虱《ケジラミ》を取っていたのだが、「ううーん、きれいよ」、チリ紙でさっと取って自

分のポケットに入れ、「はーい、次の人」。男の子までが尼さんの周りに集まった。

同年八月。ある日、赤い橋のかかった大川へ泳ぎに行った。ここは浅瀬や深みもいろいろで、甲羅ぼしにいい大きな岩もある。泳ぎにあきて川の中に立っていると、何やらあたりが騒がしい。

大岩のあたりに人が集まっていた。

「しーっ、しっ」

子どもたちの何人かが、人さし指を立てた。

「もうすぐ、終わる……終わるって」

(えっ?)。声を出してはいけない雰囲気だった。

「まっ白な、ながーいお鬚《ひげ》のおじいさんが、ぐねぐねの杖を持ったおじいさんがね…」

どうしたの?

「言ったんだって。戦争は、終わると。そして、さっと、消えた」

それって、どういうこと?

お寺に帰っても、先生には話せなかった。
二、三日して、わたしたちは正座してラジオ放送を聞かされた。ジャージャー、ビービー、雑音しか耳に入らない。先生が深々と首をたれ、こぶしを握っていた。そのこぶしが濡れていた。

あの敗戦を告げる玉音放送だと知ったのは、少しあとのこと。

戦争が終わり、一人二人と家からの迎えが来るとわたしたちは浮き足だった。年の暮れ近く、ようやくわたしは家に帰ることができた。

半数ほどの人がまだ残っていて、学童集団疎開はしばらく続いたようだ。

「広島が燃えているぅ〜」

中﨑　光男
（愛知県）

〝ピカッ〟教室の窓ガラス全部が光った。それは何万枚もの手鏡を校庭に並べ、いちどきに我々の教室に向かって反射させたかのように、壁を照らし、黒板を照らし、机上を光らせた。やや間をおいて「ドーン」という腹に響く轟音《ごうおん》が窓を震わせた。

私たちは思わず窓際に走り寄り、校舎の二階の窓から身を乗り出して真夏の雲一つない空を見上げた。

「おい、発電所に爆弾が落ちたな」と口々に言い合った。僕は「あの大きな音なら、一トン爆弾に間違いないぞ」と街場仕込みの知識だといわんばかりに声に出していた。

私たちの村を貫流して広島の街へ流れ下っていく太田川にはその本流、支流にいくつかの発電所があると聞いていたので、そのうちに爆撃されたどこかの発電所から煙が立ち昇るだろうと周囲の山々を見回していたが、何一つ変わったことはなかった。教室の騒がしさも薄れ、皆は席に戻った。

それは昭和二十年八月六日朝、殿賀小学校の木造校舎の二階の教室に四年生全員が揃って間もなくの時であった。

その日がたまたま夏休み中の一登校日であったのか、あるいはきびしい戦局のさなか、国民学校（今の小学校）も夏休みなどという悠長なものではすでになく、毎日が普段どおりの登校日であったのか記憶が定かでない。

私が学童縁故疎開していた広島県山県郡《やまがたぐん》殿賀村（現・安芸太田町）の叔父の家は広島の街から北西へ四〇キロほど離れた所であるが、太田川沿いの曲がりくねった道を電車、汽車、バスを乗り継いで行くと道程《みちのり》は数十キロ以上にもなり、半日がかりの山里であった。

この日も私は朝一番に牛小屋に入れる熊笹四把と牛の餌の青草二把を近くの山から刈り取ってきて、学校から渡されていた「草刈戦果表」に書き入れ、今日もお国のために役立つことができたと高揚した気分で登校していた。

〝ピカッ〟と光り、「ドーン」と響いてからどのくらい経ったろうか。それは三十分であろうか、あるいは一時間であったろうか、それとももっと短い時間であっただろうか。

南東の空に入道雲のような白い煙が見え出した。それはどんどん大きくふくらんでくる。最初白いだけだった煙に少し色がつき始めた。先を行く白い煙を茶色い煙が追いかけていく。さらにそれを黒い煙が猛烈に追いかけ出した。

山間《やまあい》の空がみるみる青空から煙り空に変わっていく。やがて全天が黒い煙に覆《おお》われてしまった。

もう誰も太田川の発電所が爆撃されたとは言わなくなっていた。どう見てもこれは広島の街が大空襲を受けたのはあきらかであった。

この頃になると先生も生徒も全員が校庭に出て、ただただ空を見上げていた。空に鳥が飛んでいるような点が無数に見えてきた。高い所からふわふわと漂いながら地上に降ってくる。私は思わず大声で言った。「あれは焼夷ビラだ。拾うと危ない、火傷《やけど》するぞ!」と。

横浜にいた頃、私は大人たちに聞いていた。敵は爆弾、焼夷弾を落とすほかに焼夷ビラを撒くということを。その焼夷ビラは一枚の紙片で、空から降りてきたのを手で受けたり、あるいは地上でものに触れると燃え出すのでとても危険だから、絶対に触ってはだめだと言われていたのを私は突然思いだしていた(今にして思うと、厭戦気分をあおる敵の宣伝ビラを子どもたち、いや大人たちにも拾わせないための方便だったのかもしれないのだが)。

たまたまそばにいてこれを聞きつけた校長先生から、「こら! 君、そんなことを言ってはいかん。そんなことを言うと非国民と言われるぞ」と強く注意され、私は思わずしゅんとなり首をすくめた。

空の点々が校庭や田圃の畦道や川の土手に舞い降り始めると、男の生徒たちは拾い集めに走り出した。それは焼夷ビラなどというものではなく、周囲が焼けこげた新聞や書類や伝票の切れ端であった。

突然、女生徒の一人が叫んだ。

「広島が燃えているぅ〜」と。

それは涙声のようでもあり、悲鳴のようでもあった。その言葉は、誰も恐ろしくてとても口に出せないでいたことでもあった。何人かの女生徒の声がそれを追った。

最初に叫んだのが誰であったのか覚えていない。広島からの疎開児童が父母を思い、生家を思い、思わず叫んだのかもしれない。同じ疎開児童で級長だった平岡君がどんな顔で空を見上げていたのか、何かなぐさめの言葉をかけたのか、また平岡君と私に目をかけて下さっていた担任の女の先生が、彼にどんななぐさめとはげましの言葉をかけておられたのか、記憶は霧の中である。

教室で静かにしている雰囲気ではなくなり、私たちはまもなく下校した。

穂坪の集落に帰ってみると、あちらの家でもこちらの家でも出たり入ったりしながら、お天道さまを遮《さえぎ》って昼なお暗い空を心配そうに何度も見上げていた。

今まで空襲もなく、戦争のさ中とはいえ、どこかのどかであった空気も一変した。集落の人たち誰もが、本当に戦争の真っ直中にいるのだという思いを強め、さらには一種の怯《おび》えすら覚えているように見受けられた。そして夜になり、不気味に真っ赤に照り映える空を見上げることになるとともに、その感をいっそう強くしていったようであった。

夕方、警防団の招集がかかり、出勤の服装に身を固めた叔父は、なぜか竹槍も携えて出かけていった。その竹槍を見て私は、「上陸した敵と戦うのでもないのに……」とちらっと不審に思った。何食分かの握り飯をつくった祖母と叔母は、「何日で帰れるかわからない」との叔父の言葉に不安を募らせていた。

叔父たちが消防車やトラックで出発した後も、太田川の対岸の堀の集落を貫く広島市へ続く道路は、一晩中車が続々と南下していった。県境の峠を越えてくる島根県からの応援の車も多かったという。

四日ほどして叔父は疲れきった顔で帰ってきた。

「着いたときは火勢も強く消火どころではなかった。その後も燻《くすぶ》り続けていて、余熱もあり大変だった。仕事のほとんどは死体のかたづけだった」と話し、後はその時の惨状が眼に浮かんでくるのか、目をしばたかせて黙りこくってしまった。後年叔父は一時期、身体が不調になったが、その時のことが原因だったかどうかははっきりしない。

それから十日も経たない八月十五日に戦争は終わった。太田川での川遊びから帰って、それを叔父から聞かされた私は、気が抜けた思いをしたのもつかの間、今度は別の思いが黒雲のように心の中に湧き上がってきた。大人たちがよく言っていた鬼畜とも称される敵がいよいよやって来る。東京に近い横浜にはいの一番か二番にはくる。横浜にいる父や母はどうなると思うといても立ってもいられない気持ちになった。家の人に話しても、「ちょっと待ちなさい」と止められてしまうだろう。こうなったら家を飛び出して一人で横浜に帰り、殺されてしまうかもしれない〝父ちゃん、母ちゃん〟に一目でも早く会おうと決心した。

終戦から二日後の八月十七日朝、私は無鉄砲にも一銭も持たずに叔父の家を飛び出して広島に向かった。途中、十数キロ歩いた後、郵便集配車に乗せてもらい広島の八丁堀まで連れて行ってもらった。わずかの焼けただれたコンクリートの建物を残して、あとは完全に焼け失せていた。広島駅に来てみると、仮の待合室は爆弾投下から十一日経ったその時でも、白い包帯姿の人たちで溢《あふ》れていた。

「広島が燃えているぅ〜」という叫びが突然耳元に蘇《よみがえ》った。あの時よりもっともっと重苦しい思いが私を包んでいた。

Ⅱ　戦後復興期

敗戦――幼くして見たものは

久野　忠宣（愛知県）

昭和十七年、太平洋戦争のさなかの四月に誕生した私。

幼かっただけに戦時中の記憶はほとんどないに等しいが、「警戒警報」の発令を聞き、防空頭巾を着けてもらい、家中の電気を消して母の背におぶさり、近所の防空壕にもぐり込んだことを覚えている。

志願兵として戦艦「伊勢」に水兵として乗り込んでいた父ちゃん。

その父ちゃんが「伊勢」の艦内で起きた事故により右目失明、左手薬指切断というケガにより、除隊させられ、治療しながら名古屋の「愛知時計電機」で兵器造りにたずさわり、お国のために働いていた。

終戦直後のことだったが、父ちゃんが毎日家でゴロゴロしているようになり、今までなかったことだけに、（ふしぎだなあ?）と感じていた。

しかし、終戦後の暮らしのなかの出来事となれば、鮮明に覚えていることもいくつかある。

戦後のある時から（お袋に当時のことを聞いてみると、昭和二十一年ごろで、私が四歳くらい）、父ちゃん、母ちゃんが私の手を引いて〝カイダシ〟とやらによく連れていかれるようになった。今でも三河知立駅を覚えているが、大きなカゴを背負い、電車を乗りつぎ、帰りには塩とか醤油とかを、そのカゴ一杯に入れて持ち帰ることをくり返す日が続いた。そしてまとまったところで、乳母車に乗せて、周辺の町や村に売り歩くというものであった。

ある日のこと、「おとなしく待っているんだよ」と言われ、乳母車のへリにつかまって留守番をさせられたことがあった。父ちゃん、母ちゃんは町内の路地に入っていって見え隠れし、こちらの様子をうかがいながら小売りをしていた。

そのわずかなスキに、黒帽子のへんなおじさんがリヤカーで現れ、塩とか醤油をそっくり持ち去られてしまった。幼かった私では、なすすべもなく、見ているよりなかったが、戻ってきた両親の愕然《がくぜん》とした姿に、私は泣き濡れながら母ちゃんのぬくもりの中に……。

暑いさなか、隣にアイスキャンデーを製造販売している店があったことから、麦わら帽子をかぶり、自転車でアイスキャンデーを売り歩く父ちゃんの姿があった。

青く塗られた大きな木箱を後ろに取り付け、ペンギンのノボリを立て、チリンチリンと

鐘を鳴らしながらペダルを踏み踏み、

「冷たいよう！　おいしいよう！」

決してカッコいいものではなく、自分の父ちゃんと思いたくなくて、見て見ぬふりをしていたこともあった。友達から冷やかされもし、子どもながらに恥ずかしくてしようがなかった覚えがある。

その後、父ちゃんが神戸によく出かけていくようになった。少しずつ事情がわかるにつれ、父ちゃんは危ない橋をわたって商売をしていることを知った。

それはヤミ市で進駐軍の軍服類を仕入れ、バレないようにと自宅にはりんご箱と見せかけてモミガラの間にその軍服を隠し入れて送り届け、それを売ったり物々交換をしていたのだ。おかげで一時ではあったが、父ちゃんが当時のクシャクシャの百円札を何枚も見せてくれたりして、生活に少しゆとりが出たときではなかったかと思う。

しかしある日、父ちゃんが戻ってこなくなった。親戚の人が家に来て、母ちゃんとボソボソ相談しているのを見て、私は父ちゃんの身に何か悪いことが起きたと直感した。

それから一カ月くらい経ったある日のこと、ヒゲもじゃの痩《や》せこけた父ちゃんと親戚の叔父さんの姿があった。ヤミ取引により警察につかまり、かなり厳しい取り調べを受けながら、留置されていたと、後で聞かされた。

一方、母ちゃんは家計を少しでも助けるため、近くの工場の廃棄場に足を運び、台所の燃料となるコークスを拾い集めることを日課としていた。私たちが住んでいた瀬戸は焼き物の街であり、ほとんどが石炭を燃やしてやきものを焼いていた。その石炭の不完全燃焼したものをコークスという。拾い集めたコークスの量は、多いときには南京袋に二つも三つもになったことがあり、私も幼かったが、手伝いのつもりか、時には大きなコークスを見つけて母ちゃんに見せてははしゃいでいた。

夜は陶磁器の内職（玩具が中心、生地の人形に手や足を付けたり、髪の毛を付けたり、バリをとったりする作業）で、部屋中が加工品で埋まることもあった。

いずれにしても、終戦後、安定した職は一つもなく、職を転々とした父ちゃん。母ちゃんの稼ぎと合わせてみても、毎月の家計は決して楽ではなかったような気がする。なぜなら、年末十二月三十一日に、近くの八百屋に借金を返し終わると、明けて正月からは借り入れ台帳を持って食料を買いに行かされたこともあったからだ。

食糧難の暮らしの中で、いろんな配給があったが、中でも乾パンの配給が一番思い出される。今、市販されている乾パンの味と比較するべくもないが、少しカビ臭いことを我慢すれば、こんなに甘味のある美味しいものは他にはなかったと思う。配給日が待ち遠しくてしようがなかった。

他に配給といえばお米だった。細長い、いわゆる外米と称するもので、食べると独特の臭いが鼻についたが、空腹を満たすには十分だった。

他にも、食べられるものは何でも食べた。あぜ道でセリを摘み、田んぼでイナゴを捕まえ、川や池でコイにフナ、そしてドジョウ、モロコ、タニシ、シジミ、エビなどを捕って食べた。

この頃の私は、友達と組んで「殺生」をすることが好きになり、竹かご、網など、道具類もそろえていたし、川をせき止めるなどして、時にはウナギなど一網打尽。とても遊びとは片づけられないくらい上達もしていた。

山に入って、タケノコ、キノコ、そしてクリ、アケビなどの木の実も採って食べた。今振り返ってみれば、すべて自然からの恵みを分けてもらっていたのだった。

母親の実家（当時はかなりの田畑を持っていた専業農家）に遊びに行くと、よく五目ご飯をごちそうになった。当時の五目ご飯は、穫《と》れた野菜を中心に何でも細かく刻んで放り込み味付けしたもので、いとこたちと目一杯遊んだ後、祖母ちゃんのよそってくれたてんこ盛りのご飯をほおばったものだ。その味はとても美味！　しいていえば少し生臭くて小骨がたまに舌にからみつく以外は、醤油味の香ばしさもあって最高のごちそうだった。

かまどで炊きあがったとき、ふたをあけて覗くと、トグロを巻くように円く小骨が残っており、（……蛇では?）と食べることを躊躇したこともあったが、旺盛な食欲には勝てなかった。

終戦後、日本は進駐軍の統治下、物資の乏しい生活を余儀なくされ、耐え忍んだ時代が続いたが、なりふり構わず働いてくれた父ちゃん、母ちゃんの背中を見て育った私。物心がつくにつれ、大変な時代に育ててくれたとあらためて心から感謝している。

しかし、その父ちゃんも平成三年、享年七十六で他界。母ちゃんは健在だが、今年八十六にもなる。親孝行も今のうちと努めているが……。

時々、息子たちに苦労話をまじえ、黄色くくすんだアルバムをめくって、当時の話をするのだが、体験した者しか理解できないこともあって、伝えていくことの難しさを感じているのは私だけでしょうか。

西風が泣いた――敗戦の年に死んだ母ちゃん

田口　正男
（東京都）

静岡県沼津市のシンボル、香貫山《かぬきやま》はけっして高い山ではない。市街地の片隅にこんもりと盛り上がる海抜一九三メートルの山容は、まさに大地の瘤《こぶ》のような印象を見る者にあたえる。山頂からの眺望は、市中を突っ走る狩野川と河口に広がる駿河湾、そして碁石を敷き詰めたような街並みが見渡せる。

敗戦で長い戦争の恐怖から解放された昭和二十年の初秋。ボクは敗残兵よろしく東京・東村山の陸軍通信学校を追われるように、両親の疎開先へ帰還した。品川駅から満員の復員列車に四時間近く揺られ、東海道線沼津駅にたどり着いたときは陽が傾きはじめていた。

プラットホームに降り立つ敗残兵を出迎えたのは、瞳に写る遠望の夕映えに染まる戦火の廃墟と化した市街と、異様なまでに赤々と燃え立つ香貫山の奇怪な容姿だった。

その年、ボクん家《ち》は何故か、多くの災厄がふりかかった。父ちゃんは新年早々に沼津の軍需工場に徴用となり、春には中学生で志願兵となったボクと弟が軍隊に取られた。とり残された母ちゃんも、五月の東京大空襲で家を焼け出され、命からがら沼津の父ちゃんの許へ逃げのびるといった、一家は年初から散々な目にふり回され続けた。

「ただいま無事、戻ってきました」

ボクは挙手の礼で父母の疎開先の古ぼけた社宅に復員したとき、戦災の疲労がたたった母ちゃんは、奥の三畳間に臥《ふ》せっていた。焼け残った軍需工場の整理に駆り出される父ちゃんの留守を守って、ボクと間もなく地方の聯隊《れんたい》から復員した弟は母ちゃんの看病に努めた。ある日、市立病院の精密検査で母ちゃんが「手遅れの癌《がん》」と宣告され、ボクたち父子は愕然《がくぜん》となる。その日から母ちゃんの回復に残り少ない望みをかけ、ボクたちも父ちゃんといっしょになって手当や治療にあちこちを駆けずり回った。

それから二カ月あまり。父子三人の希《ねが》いもむなしく、病の意外な進行で母ちゃんは三日三晩苦しみ続けたあげく「さよなら」も言わずに息絶えた。外では骨のきしむような雨風が雨戸をたたく十二月二十三日未明、享年四十四の終焉《しゅうえん》はあまりにもあっけない惜別だった。

まんじりともしなかった通夜が明けると、涙にくれるひまもなく父子三人は、葬式の仕度に追われる。ボクたちは近所の人手を借り、葬儀屋もろくにない焼土の街中を手分けして、葬祭用具の調達に走り回った。

坊さんの静かな読経が流れ始めるころから、沼津特有の西からの寒風が家の中まで突き抜ける。開け放たれた玄関に設けられた祭壇に白木の柩《ひつぎ》を安置し、その前に遺影を飾る。祭壇の脇に喪主の父ちゃん、ボクと弟の遺族が順に並び、ポツンポツンと弔慰に現われる一人ひとりにボクたちはいちいち頭を垂れて応えていた。

「母ちゃん、今日も西風が冷たいよ」

笑みをたたえた物淋《さび》しげな遺影をじっと見詰めるうちに、高まる思慕に堪《た》えきれずそっと呼び掛けるボクの囁《ささや》きにも、亡き人の声は返ってこない。一瞬冷やかな強風がボクの横顔をすーっとなでて通った。

野辺の送りのセレモニーも終わり、出棺が始まる。祭壇から下ろした柩《ひつぎ》を父子で担ぎ、近くの農家が用意した大八車へしめやかに運び込む。まだ馴染みが薄い近所の参列者数人に見送られ、梶棒をとる父ちゃんをボクと弟が両脇から後押しをしながら、しずしずと式場を後にした。道路沿いに居並ぶ社宅の一郭を出ると、一面に広がる畑を仕切る田圃道を香貫山の方角に向かい、ボクたちは霊柩車を粛粛と進める。真っ向から白埃を巻き上げて迫る強風が、ボクたちの喪服の裾を容赦なくめくって吹き抜けていった。

香貫山の中腹にある市営火葬場は戦火を免れたものの、戦前からの旧い建屋とか設備は見た目にもかなりくたびれていた。

「ガシャーン」。白木の柩が石室に収まると、室内に鉄扉の錠音が残響を広げる。間もなく石窟《せっくつ》の中からとどろく火炎のうなり声が、耳朶《じだ》を震撼させる。ボクは口の中で南無阿弥陀仏を唱えると、頭を垂れて数珠を両手でおしもんだ。

しばらく待合室で待機したあと、ボクたちは再び石室の前に呼ばれた。「ギイーッ」。重苦しいきしめきをあげて、鉄扉が開く。石窟から白煙を立てて崩れた遺骸が、隠亡の手によって引き出された。

「これが頭骨の一部です」

無表情な面持ちで、てきぱきと遺骨を取り分ける職員の手許を凝視するうちに、ボクは人間として苦れることのできぬこの現実を、いましっかりと自分の眼に刻みつけておこうと痛感した。ボクたち親子が長い箸《はし》であらかた骨揚げが終わるのを待って、職員は残りの骨をかき集めると「ザザザーッ」と、ボクが支える壺の中に収め込んだ。胸を刺すその乾いた響きに、ボクは燃えつきた母ちゃんの生命を覚《さと》った。この素焼きの小さな壺に収まってしまった母ちゃんは、もういない。いまはボクの心の奥底に、母ちゃんを慕う追憶だけが静かに沈んでいくだけだった。

「帰りはお前が、母ちゃんといっしょだ」

遺骨の箱を胸に抱いて待合室に戻った父ちゃんは、ボクの顔を見ていきなりかすれた声で告げた。

「わかった」

ボクはうなずき、その箱を白い布でくるんで首からつり下げ、両手でしっかりと胸元に当てて持った。外はもう真っ赤な夕映えが、西の空を染めている。

「暗くならないうちに、帰ろう」

独り言のようにポツンと言い残して先に立つ父ちゃんを追うボクと弟は、赤い陽光の矢に射抜かれながら家路を急いだ。

火葬場の門を出ると、そこからは山の下り途。樹林に囲まれて暮色蒼然とした夕景がだようつづら折りの下り坂を、父ちゃんの後からボクと弟は黙々とついて行く。樹間に見え隠れする曲がり角に灯る外灯を目当てに、とぼとぼと半時間ばかり山道を下りて行くと、急に視界が開け、麓《ふもと》の狩野川河畔に出た。対岸に群がる町家の灯が、豆電球を散り敷いたように、暗い川面にキラキラと光の帯を作って揺らいでいる。はるかの愛鷹《あしたか》山の空は、まだ夕焼けの残照がほのかに染めていた。

両端の枯れ草が覆う土手道をボクたち父子は連なるようにして、目指す三枚橋《さんまいばし》から家に向かう。絶え間ない西からの強風が、うなりをあげて川筋を吹きなぐっていく。

「寒くないか?」

そう言ってボクたちをふり返る父ちゃんの顔が夕闇の波間に浮かぶ。ボクと弟はただ首を横にふり、無言で答えた。道草のシートを踏みしめながら、かじかんだ両手でぎゅっと抱える遺骨のほのかな温もりが、ボクの胸元にじんわりと滲みてくる。

ピュー、ピュー、ピューっうん。

土手道を行く父子三人の体を吹き抜け、音をはらんで疾走する西風が、まるで母ちゃんの涙声のようにリフレインされ、おぼろな夕闇の中にこの世ならぬ現象の響きを残して去っていった。

悔やまれるあのひと言——買い出し列車の辛い日々

早川 溪子
（岐阜県）

戦前・戦中、そして戦後と歩んできた私は今年で八十四歳になった。現在はなんの不足もなく、平和な日々に生かされているが、心の隅にはいまだに悔やまれてならない、あの一言《ひとこと》が残っている。

私たちは終戦の翌年の三月に、台湾から引き揚げてきた。そしてやっと岐阜市に小さい借家を借りて落ち着いたのは、五月であった。父は幸い建築の職につけたが、半日働いただけで心労で倒れ、二度と起きあがることはできなかった。

当時弟妹三人はまだ小学生で、一家六人の生活は私一人の肩にかかった。職安の紹介状があっても、雇い主からは「引き揚げ者」というだけで体《てい》よく断られるのだった。そのころの女性の月給は三百円程度であったから、私の就職先は思うようにはなくて、所持金も心細くなっていた。

そんな折、近所の人の紹介で、Aさんが私に仕事を頼みに来たのである。月一回、函館駅までAさんの商品を一緒に運ぶと、往復の交通費に謝礼が千円だと言った。家の事情を考えると、Aさんの好意をむげに断れなかった。それに商品が繊維製品であるから女性のほうが都合よく、帰りは私の自由行動と聞いて、両親もAさんの人柄を信じ、この話に賛成してくれた。

しかしその仕事は道中の乗り物が大変だった。どの列車も闇米の買い出しに行く復員兵の服装をした男たちや、屈強な中年のおばさんたちで溢《あふ》れて、まともに乗車口からは乗れなかった。私はAさんに後ろから押し上げてもらい、窓から乗り込んだ。網棚にまで上がっている人もいて、車中は身動きもできない状態であった。乗り物に弱い私は、不安でたまらなかった。

客車に乗れないときは、石炭車についている小さい梯子《はしご》によじのぼって石炭の上で座った。トンネルを通過するときは頭を低くして、硬くて黒い石炭にしがみついた記憶がある。

高山では、終列車に乗り遅れた十数人の乗客たちと駅付近で野宿もした。商品を盗まれないようにリュックを抱えて、ゴツゴツした地面に横たわり、美しい夜空の星を眺めた。

函館行きの連絡船が天候の都合で欠航すると、一刻を争う闇商人が利用する闇船にも秘かに乗った。小さな貨物船が妙な音をして揺れるのも怖かったが、初めて見る船員さんの腕の刺青《いれずみ》には、背筋の寒くなる思いだった。

苦労知らずの私は、この道中でちょっとした冒険気分も味わっていた。かつては臆病で乗り物にはいつも酔って、人に迷惑をかけた私が、この仕事でなぜかすっかり変身したのである。

函館駅で仕事が終わると、私は旭川で農業を営む伯父のところで泊まった。一家は初対面であったが、みんなに歓迎されて持てる限りの食糧品などをもらい、帰りのリュックは二倍もの重さになってしまった。

旭川から岐阜までの一人旅は心細かった。米原の駅では闇米の一斉取り締まりの網にかかり、乗客全員は下車を命じられた。長いホームには警官とMP（ミリタリー・ポリス）が二人ずつ組んでずらりと並んでいた。そして所持品の検査が始まった。苦労して手に入れた闇米を全部没収されて、元も子も失った人びとは放心状態であった。

私も検査に並んでいると、MPの指揮官らしい人が近づいてきて、私に目礼をした。あまりにも意外なことに驚いていると、そのMPは私に列車へ戻るようにという仕種をした。一見して私が闇米の買い出し常習犯でないことを見抜いたのだろう。見逃してくれたおかげで、伯父からもらった七キロの米は無事に持って帰ることができて助かった。

岐阜駅に着くと、汗だくで家まで歩いた。家に入るとすぐリュックを下ろし、上衣を脱ぐと横にいた母が突然悲鳴をあげた。

「お父さん、これを見てください」

と言って、私の肩を寝ている父の方に向けた。

私も何事かと自分の肩を振り向いて見ると、両肩にはリュックの太い紐の跡が青いアザになって、くっきりついていた。母は涙ぐみ、父はそっと目をそらせてしまった。

それから三回目の仕事をAさんが頼みに来たときのことであった。律儀なAさんはまず父の承諾を得て、函館行きの日時を決めた。

「どうする、また行くか」

父の短い問いに私は、

「行かないと、仕方がないでしょう」

とつい本音を吐いてしまい、ハッとした。

病身の父に、どうしてあのような冷淡な返事をしてしまったのだろう。Aさんに対しても失礼なことであった。私はその日一日、父の顔を正面から見ることはできなかった。

だがいま思うと、私にもそれなりの理由があった。両親には言えなかったが、私はこの仕事が精神的にも苦痛になっていたのである。Aさんはまだ二十八歳の独身であり、二十二歳の私とリュックを背負って行動をともにしていると、誰の目から見ても夫婦と間違えられた。そのたびに弁解のしようもなく、ビジネスと割り切って我慢していたその不平が、つい言葉になって表われてしまったのだった。

その三カ月後に父は家族のことを案じながら、五十歳で旅立ってしまった。余命幾ばくもなかった父に、私のあの一言は悔やんでも悔やみきれるものではない。そのときの父の胸中を察すると、いまも自責の念にかられ、忘れることができないのである。

今年のお盆に久し振りに訪ねてきた末の妹に、私は初めて自分の気持ちを打ち明けた。そして父に詫《わ》びる思いで切々と話し続けた。当時は八歳だった妹は、六十余年も前のことを最後まで黙って聞いてくれていた。

全ての話が終わり、ほっとしたときである。妹の後から父の顔が浮かんで見えた。きっと父も一緒に聞いていたのかも知れない。

優しい父のことだ。あのときのことはもう許してくれたのだろう、とそのとき私は思った。

銃口——敗戦直後のサハリンで

本間　辰弥
（北海道）

「ストイ・クダーイジョーチェ」（止まれ、どこへ行くのだ）

突然、家の陰から道路に出て来た三人のロシア兵、入れ墨をした手には弾倉の付いた銃、その銃が私の胸に擬せられた。

「ホールドアップ」である。

年長の兵士が身体を手で探り、武器の有無を確認してから、手の指を丸め手の甲に置き、「ダワイ・ダワイ」と叫ぶ。

銃口が左胸の下、心臓の上を突く。私は相手の眼を見ながら、視線を銃の引き金に向ける。人差し指は引き金に当てられたままだ。

ロシア兵の叫ぶ声と手真似の意味を考える。数秒過ぎると、「ダワイ・ダワイ」と叫び、また指を丸めて手の甲に置いた。

私は、時計のことなのだと感じ、手を挙げたままで首を左右に振ったが理解されない。

挙げた手を静かに目の高さに下げて、今度は首と一緒に左右に振ると、理解されたのか引き金から指が離れ、銃口が下に向くと、「行け」と手で合図された。

だが、歩こうとするが足が動かない。ロシア兵が背中を押す。

ゆっくり、ゆっくり、一歩、また一歩、と前に進む。村に最初に来たロシア兵だ。

昭和二十年八月、ロシア軍は、戦争能力のなくなった日本に、自国の領土拡大のため宣戦布告し、満州と南樺太と北千島に突入してきた。

私の祖父は、明治三十九年日露戦争で日本領となった樺太に、北海道から移住して鰊漁《ニシン》場を開拓した一人であった。その後、一旗挙げようとやって来た人々は、四十五年間という短い歴史のためか、樺太という土地にしっかりと腰をおちつけることができず、敗戦と同時に港に近い町や村の人たちは、「婦女子と十五歳以下の男と老人だけに引き揚げ命令が出た」と言って、ほとんどの村人は引き揚げていった。北からの列車で引き揚げてくる人々で港は大混雑となったが、八月二十三日出港の小笠原丸など、三隻の引揚船が留萌沖《るもい》で潜水艦によって撃沈されると引き揚げが中止となり、二十五日にはロシア海軍が港に上陸してきた。

なにせ、村に駐屯していた軍隊と駐在所の巡査が一番先に消えて、命令系統がなくなっていたので、各自が自分の判断で行動するだけ。そして、国境を突破したロシア軍の戦闘部隊は戦車を先頭に南下して、村や町を占領した。港町には駐屯せず、ウラジオストックに行く船待ちの兵隊が約五千人ほど、村と町の間の丘にテントを張っての駐留生活となった。

そのロシア兵が、昼間五人から十人単位で村にやって来ては略奪する。

幸い村の婦女子は早々に引き揚げたので、その件に関する事故はなかったが、隣り村では友人の父親が、魚を料理中に包丁を持って振り向いたところを、略奪に来たロシア兵にその場で銃殺された。

また、その隣り村の小学校の校長は学校に木銃があったので、軍の指導者と思われて連行、立ち木の前に立たされての銃殺となった。

なにせ、言葉がわからず、あたりかまわずの銃の乱射で、流れ弾で死亡する人も出た。それで一日中外に出られず、家の中にいるだけ。ロシア兵は、日に二度も三度もやって来ては相変わらず「ダワイ・ダワイ」と、指を丸めては手の甲に置き、時計や万年筆の要求である。

そして、二週間後、二度目の銃口が私の胸に当てられた。

その日は、ロシア兵の姿が村には見えなかったので二階で本を読んでいたが、突然入ってきたのか父たちの叫び声がした。廊下に出ると、五人のロシア兵が銃を持って立ってい

る。私を見たロシア兵は、驚きながら、

「ヤー、サルダート」（お前、兵隊か）

と、私の胸に自動小銃を突き付ける。年長の兵隊が銃で撃つ格好をし、

「ダダ、ダダダ、ダダ、ダダダ」と叫ぶ。

また「ホールドアップ」。私は十七歳、一メートル八〇センチでロシアの少年兵より背が高い。「兵隊なのか？」と聞いているようだ。

「ノー、ノー」

英語での返事をする。

「サルダート」（兵隊か）

とまた叫ぶ。兵隊だと思われているのだ。

私は、眼鏡をしていたので、咄嗟《とっさ》に眼鏡を指さし、目が悪いので銃が撃てないという意味を手真似で三回ほど繰り返した。それでわかったのか、胸から銃が離れた。

部屋には引き揚げのため荷造りされた荷物が置いてある。兵隊は紐を切り、中身の着物などを広げて、赤い裏地を見つけて喜び、今度は粉石けんの袋を出して、煙草の火を付けた。

私は、今度も手真似で洗濯の仕草をすると、それが理解されたかどうかわからないが、

赤い裏地と靴下を持って立ち去った。

翌春には駐留していたロシア兵が本国に帰ったのか、略奪がなくなり、代わりに裸一貫で南京袋に食器類と少々の身のまわり品を持った移住者が、村の空き家に住み着いた。また、村の小学校には二百人ほどの兵隊が駐屯し、秘密警察の中尉が来て、治安もいくらかよくなった。

鉄道は日本人の駅員だけで運行され、私や父と一緒に村に残った十人ほどの漁師たちは、村に来たロシア人漁夫に日本式の漁具で漁業の指導をしてくれと漁業責任者から頼まれた。それにはロシア語の会話が必要となったので、簡単なロシア語辞典を買って、俄《にわか》通訳になった。

冬場になると何もすることがなく、日本内地の実状も皆目不明、いつ引き揚げられるのかわからなかった。そんな時、村にロシア船の荷役作業の話が持ち込まれた。夜の七時から朝三時までの八時間、一日おきの八名だ。みんな年配者なので、私が通訳を兼ねて毎日行くことになった。

十二月ともなれば、零下二〇度以下になる港湾での作業、防寒着で迎えに来たトラックで八キロほどのところにある波止場に着く。

ロシア人の監督に連れられて船の側に行く。六〇〇〇トン級の貨物船だ。船腹のタラップから乗船、作業現場のハッチのところで指図を受ける。
なんと、セメントの荷役だ。ハッチの上から下を見ると、鉄梯子が垂直にあるだけ。
監督は、
「私たち四人は、このハッチ。後の四人は別のハッチ。梯子を降りて作業せよ」
と言って、四人を連れ去った。
私は高所恐怖症、三人のおじさんたちに、「作業終了時間を聞いてくる」と言ってその場を離れ、タラップを降り、暗がりを利用して波止場の出入り口の門まで逃げた。扉の下の隙間からはい出ようとしたところ、
「クダーイジョーチェ」（どこへ行く）
咄嗟《とっさ》に両手を挙げて、
「ドアリユート」（手洗い）
だが、歩哨のロシヤ兵は納得しない。また、胸に銃口が――、
するとロシア兵は、私の話すロシア語に興味を持ったのか、
「ブイ、ガバアリーチェ、パリスキー」（ロシア語を話せるのか）
「ダー・ニムノーガ」（ハイ、少々）
三度目の銃口が、私の胸から離れた。

翌年七月に引き揚げるまでの一年間、少々なりとも話せるようになったロシア語のためか、以後、二度と銃口を向けられることはなかった。

日本人の底力

久保　覚
（東京都）

その日、昭和二十年八月十五日は、朝からじりじりと陽が照り、暑い一日だった。特別番組で正午の玉音放送を家族で聞いた。〝日本は負けた〟〝嘘だ〟〝信じられない〟と私は思いながら涙がこみあげてきて、我慢ができず、外へ飛び出した。庭の柿の木の下で泣いた。母の前で泣くのが、男として恥ずかしかったのだ。私は、日本は絶対に勝つと信じていたので、心の持って行き場がなかった。一瞬、我に返り、今後どうなるのだろうと、子ども心に不安が襲った。

〝まだまだ死にたくない〟とその時、心底思った。というのもその頃、戦争に負けたら皆殺しにされるぞ、といった流言飛語が蔓延していたからだった。

母は子どもたちに、みんな一緒だから心配することないよと、手を強く握って言った。昭和十八年の夏に小学校の縁故疎開の奨励で、父の田舎である広島に来て二年目の夏であった。

父を仕事の都合で名古屋に残して、母と子ども三人だけの家族だったので、この時は正直に言って一番上の自分が、母を支えなければと強がった思いがあった。こんな時、父がいてくれたらどんなにか、心丈夫だったろうと思った。

私は、旧制中学校最後の受験組で、その後学校制度の改革により併設中学校となり、高校はそのまま新制の高校で進学できた。高校からは男女共学となった。

玉音放送を直立不動で聞く人たち

敗戦後しばらくして、父も名古屋の会社を辞めて、田舎の我々の所に戻ってきた。一家としては全員そろったので嬉しいとは感じたが、生活する上では、自給自足の農業をするしか働く場のない土地柄であった。これから子どもたちが成長していくには、先行き不透明な感があったと思われる。父も日本は絶対に勝利すると信念を持っていたので、戦争を清算しての田舎への退却だったのだろうかと思われても仕方なかった。母は、父が田舎に帰ることに猛反対したと、後年になって聞いた。

その母は、敗戦の二年後に病死した。疎開して自給自足の不慣れな農業生活と、子育ての二重苦の疲れからだろうか、心臓を悪くして亡くなった。

都会であれば、医療機関も良く生命は救われたかも知れなかったと、悔いは残った。

高校三年の夏、駅で前年に卒業した先輩に遭遇した。先輩は角帽を被っていた。先輩が大学に進学したとは耳にしていなかったので、私は驚きと同時に戸惑った。

「先輩、大学へ進まれたのですか。格好いいですね。うらやましい限りです」

「なんだ、冷やかすなよ。ところでお前はどこを狙ってるんだ。どうだ東京に来ないか」

「私の家は、農家で大学へなんか行ける金はありませんし、行きたくてもあきらめるしかないですよ」

「お前、何をバカなことを言ってるんだ。俺を見ろよ、俺の家も母子家庭で金はないけど、現に俺は大学生だ。将来に夢を持って昼間働いて夜学校に行ってるんだ。東京はこんな田舎とは違って働く所もあるし、勉強だってできるんだよ。俺のような人は大勢いるぞ」

先輩の話を聞いて、私の閉ざされていた心に火がついた気がした。動揺し、世の中って凄くて広いんだと、自分の情報収集不足を嘆いた。

民主主義と自由が定着する国になれば、世界との交流も多くなる。これからは世界に通用する人間になるには、学問が不可欠になるだろう。まして私の家は農家といっても、農地を借りての自給自足程度で、私は将来のためできれば大学へ行き、学問を身に修めたいと内心では思っていた。夢と現実とのギャップに苦悩していた時だったので、その先輩の話は私の魂を根底から揺さぶった。

その夜、私は父に自分の気持ちを率直に話し、身の振り方を相談した。

「将来を考えると、今のままでは自分が駄目になるので、東京に行き大学を目指したい。家の事情は十分にわかっているので、自分の力でやってみたいと思ってます。許して下さい」

「これから世の中も整理され正常化していくと、学歴が必要とされる社会になるだろう。父さんの今の力では、とても大学までやれる力はない。お前が自分でやる気ならできる限りの応援はする。親として面目ないが勘弁してくれ」

と父は真剣な眼差しで言った。私は父の同意を得て、その時から将来に向けて自分の時計は回り始めた。

農村地帯における過疎化現象の要因に、この私の考えなども一部は該当するのかも知れないと思う。

私は、二年計画で入試を突破し、晴れて目標の大学の二部に入った。

その当時は、復興といってもまだまだ走りの段階で、街頭で力道山のプロレスを黒山の人だかりで見ていた時代であった。国中の人は老いも若きもみんな真剣に働いて、夜その労力を癒すかのごとく、プロレス観戦でストレスを発散していたのだろうか。

私もアルバイトを確保するのに散々苦労をした。事務、配達業、サンドイッチマン、建築補助などあらゆる業種のアルバイトを経験した。アルバイトに幾日も見放されたときは、質屋にも厄介になり、また血液も売ったりして生活をつないだこともあった。

でも、自分が望んだ上京であったので、いかなる苦労にも我慢し耐え抜いた。そんな苦労を体験しているので、社会人になった時に遭遇した苦労は苦労とも思わなかったし、何か心に余裕がもてたものだ。

卒業後の就職活動には差別を受けて、辛酸をなめさせられた。そんな時代だった。大企業やそれに準ずる企業は、二部の学生お断りで門前払い状態だった。

幸いにして私は、アルバイト先だった中小企業の社長から、君さえ良ければ正式の社員として受け入れたいと手を差し延べていただき、感激してお世話になった。当時、一流企業の初任給が一万三〇〇〇円であったが、私は一万一〇〇〇円だった。

入社後は、社会も安定を模索する中、段々と業界が激化して、多忙の日々になっていった。子どもと顔を合わすのは日曜日ぐらいという年が続いた。そんな年を経ながら徐々に、高度経済の成長の流れに進んでいくわけだが、敗戦を機に我が国が一丸となって、新しい国づくりに汗を流した結果が、現在につながっていると思う。日本人の頭脳と精神力は素晴らしいと、誇りに思いたい。

現在、世界で第二の経済大国といわれる下地は、この頃からの国民のたゆまぬ努力と汗の結晶、すなわち、勤勉さであり、先進国に追いつき追い越そうとした意欲の賜物と思われる。

そんな時代を生きてきた自分から現在の日本を思うと、物こそ豊かさを実感できるが、心の豊かさは等閑《なおざり》にされてしまっている。これでいいのかと、声を大にして言いたい。

教育の貧困こそ国の根幹を揺るがす基だと思うのだが。

穫《と》り入れ　秋の思い出

稲垣　茂子
（愛知県）

黄金色の稲穂が風になびき、秋の気配が漂ってくると、子どもの頃に汗をかきながらも、家族みんなで稲刈りをした日のことを思い出します。

「垂れるほど人が見下ろす稲穂かな」

「下がるほど人が見上げる藤の花」

よく育った田の稲は、稲首からくるっと曲がって稲先が見えないくらい実っている。あまり出来がよくない稲穂は、上を向いたまま実ってゆく。

今のように早く刈り取りができる早稲の稲はなく、中性種と晩性種の米が多く、田植えも一カ月以上も遅く、六月の終わりから七月の上旬までもかかっていました。

田んぼの中で使う除草薬などない。

七月下旬から八月の上旬の一番暑い土用のさなかに、汗みどろになって田の草取りをしていた父母の姿。今の自分にくらべたら、ほんとうに頭の下がる思いです。

昭和二十年八月十五日、ラジオから流れる昭和天皇の玉音放送を聞いた時も、朝から食糧増産にと一生懸命に働いていていました。

私は国民学校六年生でした。校庭で並んであの放送を聞きました。

校舎は兵隊さんが出入りされていました。背負子《しょいこ》をしょっての軍馬の草刈り、校庭の前の山を開墾してさつまいもやかぼちゃを作ったりして、校舎の中で勉強することはほとんどありませんでした。

肩から腰に下げた防空頭巾をはずし、ランドセルを背負って登校し、教室の中で授業を受けられるようになったのは戦争が終わってからでした。

秋の彼岸が過ぎて、十月のお祭りがにぎやかに行われる頃には、稲の穂も黄色くなって、取り入れの準備が始まる。

猫の手も借りたいという取り入れの秋には、小学校でも田植え休みにつづいて、稲刈り休みもあった。

ぎざぎざに刃がついた、のこぎり鎌で四本ずつの稲の列を刈って前に進んでゆく。

腰が痛くなると、木綿の布で袋を縫い、口に竹筒をしばりつけたのを持って、まるまると太ったイナゴを追って走った。

刈り終わって束ねられた稲は、三メートルぐらいはあったように思われる、杉の丸太の稲架杭《はさぐい》が田んぼや畔《あぜ》の近くに打たれ、長い竹が梯子のように縛りつけられる。

そこへ登っている父親に、稲束を運んで一束ずつ渡してゆくと、下から上にびっしりと架けられてゆく。昨日のことのような思い出です。

この稲は餅米で、赤い稲穂が並んでいました。うるち米の稲は、十株ぐらいずつが一束になって、藁でしばって一面に並んでいる。

青葉が枯れて軽くなると、輪転機で稲こきをする。きれいな実だけになればよいが、穂首からちぎれたもの、藁《わら》の芥が混じってござござ（ごちゃごちゃ）になったのを籾通《もみどお》し（篩《ふるい》）に全部通して、実とごみとを分ける。南京袋に詰められた籾は家へ運んで二日ぐらい炎天下に干される。

藁で編んだござを下敷きにして、その上にむしろを敷く。お天道様の光が届くところ、道路の角から表の道路のふちまで、すべての場所にむしろが敷かれ、籾が干される。手返しを二回くらいして、夕方は日が沈む前に寄せられていた。急に雨が降ってきそうになったときは大変でした。

きれいに干し上がった籾は、とうすひき（精米）を専門にしておられた方に頼んで、朝から晩までほこりまるけになって、籾が美しい米になる。蔵の中の大きなブリキの缶に入れられる。

供出に出すのは、袋に詰めて並べられ、後で俵に詰められていました。

この日は、籾を機械に入れる人、米を一斗升《ます》で計って箕《み》に入れる人、運ぶ人、さやぬかを片づける人、左口《ひだりぐち》*を見る人など、家中の者が大忙しであった。

この取り入れの後の仕事が全部終わるのは、師走も半ば過ぎになる。

近所のあちこちで、むしろの両端を二人で引っ張って、細い竹で「パタパタ、パタパタン」と叩いてほこりを払う音がする。

これが終わると、やっと正月を迎えられる気分になったものです。

昭和二十年代も終わり、三十年代の高度成長期になった頃からは、次々と新しい農機具が発明されて、五十年前の生活が夢のように思われます。


*精米機は右から良い米が出て、左からくず米が出てくる。

ター兄ちゃん

長尾　静子
（愛知県）

門出

ター兄ちゃんは私より十歳上の兄である。正式な名前は正《ただし》。このター兄ちゃんが昭和十八年の暮れ、灯火管制下の真っ暗な夜の町へ慌《あわ》ただしく出て行ったのを見送ったが、それが最後で二度と会うことはなかった。

ター兄ちゃんは勤務の都合で家を離れて下宿をしていた。明日は入隊という日に家に帰ってきたのだと母から聞いたが、私が小学生の頃のことなのでくわしい事情は知らない。けれどもあの暗い夜の町へ走るように出て行ったター兄ちゃんのことは気になっていた。

それからしばらくしてター兄ちゃんの軍服姿の写真が届いた。それは陸軍の輸送基地である広島の宇品からで、日本を出発する直前の慌ただしい時に写したものなのか、写真屋に依頼して送ってもらったらしく手紙もなかった。

ター兄ちゃんは写真で家族に別れを告げてきたのだと私は心の中で思った。軍服のター兄ちゃんは、きりっとしていて立派に見えた。

ター兄ちゃんは当時としては贅沢《ぜいたく》なカメラを持っていた。そのカメラで写した写真をときどき見せてくれたけど、最近のようなカラーでもなく写真も小さいものだった。

先年、従姉が「アルバムを整理していたらあったよ」と言って数枚の写真を送ってくれた。その中にター兄ちゃんが写したものと思われる家族の写真があった。小学生の兄、就学前の弟、若い父母など一目見てわかった。

いつ頃のものかはっきりわからないが、戦災で写真も失った私には貴重なものである。が、もはや今となってはそれを見て語り合う親も兄弟もいない。色褪《あ》せて他人では誰だか見分けもつかぬような写真であるが、私には大切な宝物となった。

手風琴

ター兄ちゃんは昭和十七年の夏、私が小学校五年生の時、手風琴を買った。自分ではあまり弾かなかったが、私が興味を持った。当時私は肋膜を患《わずら》い、学校を長期欠席していたが、音楽が好きだったので飽きもせず毎日弾いていた。学校へ行きたいと言って泣き、父母を困らせていた私のために、ター兄ちゃんが買ってくれたのだったかも知れない。

ときどき下宿から帰ってくるター兄ちゃんは、ある日ハーモニカで「故郷の空」を吹いて聞かせてくれた。その曲がとても気に入った私は、楽譜もないまま聞き覚えで一生懸命手風琴で練習をした。ター兄ちゃんのハーモニカと合奏した時のことが今でも鮮やかに甦《よみがえ》るが、思えば六十年余も昔のことである。

着たきりすずめ

昭和二十年一月三日、午後からの空襲で家は猛火に包まれ焼失した。前日は大雪でどの家の屋根もまっ白。その屋根の上に落ちた焼夷弾で青い炎が狐火のようにあちこちで燃えている光景を目にした時、地獄かと思った。

日を追って夜間空襲が激しくなった。真っ暗な中での防空壕への出入りの回数が多くなり緊張の毎日だったが、風呂敷に包んだ手風琴はいつも離さなかった。三月十二日と十八日の夜間空襲でわが家は再々被災した。

火は風を呼ぶという諺《ことわざ》どおり、避難していた防空壕に火が迫り、「危険だから荷物は持たないで早く外へ」の命令で、防空壕に入れてあった掛け布団にバケツの水をかけた。母と弟と私の三人が頭からそれをかぶり、火の粉を避けようと防空壕を離れたとたん、すごい風にあおられて蒲団は舞い上がり見失った。

容赦なく落ちてくる焼夷弾と火の粉の降る中を、風上に向かって走る人について走った。

はぐれまいと三人がしっかり手を握って走った。大事な手風琴のことや消火にあたっている父や兄のことなど走りながら心配だった。

翌日、みんな無事であることがわかりひと安心であったが、見渡す限りの焼け野原の中で、私たち一家は文字通り「着たきりすずめ」となった。とりあえず父の故郷である三河の山奥へ疎開することになった。衣食住のすべてを失った耐乏の日々が続いたが、父母の苦労は大変だっただろうと今になって思う。

卵

疎開した年（昭和二十年）の秋、父が病に倒れた。近くの医師は軍医として召集されたままであった。母が遠くの町まで半日がかりで訪ねていった先の老医師は、あいにく隣り村へ往診に出かけていた。昼過ぎまで待って、その町に一台しかないタクシーを頼み往診してもらったのは夕暮れどきであった。薬は明日取りに来るようにと言って、老医師は待たせてあったタクシーで帰られた。翌日、母は一日かかって薬をもらいに行ってきた。

父の往診をしてくれた医師は栄養のあるものを摂《と》るよう勧めてくれたが、終戦間もない頃のこと、栄養のあるものと言えば卵ぐらいしかなかった。近くの農家へ卵を分けてもらいに行ったが、お金ではなくて物々交換が条件であった。三回も戦災に遭い「着たきりすずめ」の暮らしの中では物の余裕などはない。その頃「タケノコ生活」という言葉をよく耳にした。持っている衣類、貴金属を食糧と交換することだが、脱ぐ皮のある人は幸せだ。

ある日、母は病気の父を気遣いながらも、一日農家の畑の草とりを手伝いに行き、ようやく数個の卵を分けてもらってきた。実に貴重な卵である。父の容態は楽観できるものではなかったが、やっとの思いで手に入れた卵を食べてもらうことで、母はいくらか気持ちが安らいだことであろう。けれどもその卵を全部食べることもなく父は亡くなった。

医師を頼むにも、薬をもらうにも、そして卵を分けてもらうにもみんな一日がかりである。病人はどんな気持ちでそれに堪《た》えていたのだろうか。それを看病する母はさぞかし辛い日々だったであろう。

昨今の卵の安売りのチラシを目にするたびに、私は胸の痛む思いである。

別れの日

昭和二十一年三月六日。その日は父の葬儀の日であった。ときどき霰《あられ》の降る寒い日であった。葬儀の手伝いで村の人たちの出入りが激しい中、ター兄ちゃんの戦死の公報が届いた――ター兄ちゃんが一度も来たことのない、この山奥の家へ。

輸送船で南方へ向かう途中の海で、敵の潜水艦からの攻撃で沈没したとのこと。心労が重なって亡くなった父、戦うことなく逝《い》ってしまったター兄ちゃん、思えば辛い年だった。

ホタル

近年、映画『ホタル』を鑑賞した。

特攻隊員が知覧から出撃してゆく様子や、「下宿のお母さん」と慕われている女性と隊員のエピソード、生き残りの特攻隊員の苦悩など内容としては暗いものであった。

その中で、特攻隊員の一人が出撃を前にして村の子どもたちと歌っている歌が「故郷の空」であった。その曲を聞いたとたん、涙が噴き出るように溢れた。映画の場面とター兄ちゃんとの楽しかった子ども時代の思い出が重なったのだ。

私の中でター兄ちゃんは歳をとらない。何年経っても青年のままである。あの時歌ってくれた声は今でも耳の奥に残っている。

特攻隊員の一人が「死んでホタルになって還《かえ》ってきます」という遺書を残して出撃して行く場面があった。そう言えば疎開して山奥に暮らしていた時、夜中に部屋の中に飛んできたホタルがいた。むかでを除けるために吊っていた蚊帳にとまって、青い光を明滅させているホタルを、母と弟と一緒に蚊帳の中からじっと見ていたが、もしかしてあのホタルはター兄ちゃんだったのかも——。

今年もホタルの飛ぶ季節が来た。
今でもどこかで元気に光って飛んでいるだろうか——ター兄ちゃん！

焼け跡の子どもたち

南條　一
（京都府）

昭和二十二年、私は六歳で祖父母、母、二人の叔父と六人で京都に住んでいた。上の叔父だけが海軍からの復員兵だったので、ある程度実戦体験をしていたが、下の叔父は学徒動員で工場作業員をしていて、そのまま終戦後その会社の正社員となっていた。

祖父は京友禅の下絵書き師で戦時下でも絵を描いていたそうだ。

私は父が陸軍に召集されて行方不明のままだったので、母が私を連れて実家へ戻ってきていたのだった。

京都には軍需工場と呼べるほどの工場もなく、しかもアメリカ人学者の「古都を守れ」という提言もあって二、三発の誤爆はあったものの、ほとんど空襲といえるような被害は被らなかったが、食糧難は他の都市と同じだった。

二人の叔父と母は、闇米を仕入れるため、家に残っていた着物や帯、さらには供出から隠しておいた鉄製の火鉢などを持って、米原近くの親類筋に米や野菜との物々交換をするため月に二、三度は東海道線に乗った。しかし、そうして手に入れた闇米や、野菜は京都駅に着くやいなや警察に没収された。まだ十八歳の下の叔父は「ああして没収した物を奴らが食うんじゃないか!?」と文句を言っていた。

闇米の購入をしていたのは、何も我々だけではない。大勢の京都市民が、当然の権利を行使するだけといった気持ちで行なっていた。行き先はそれぞれ異なっていたが。

我が家では主に米原近くの農家の親類を頼りにしていた。東海道線は、現在の在来線とほぼ同じルートを走っていて、闇米の買い出し屋は京都駅での没収に対抗する、いろいろな手段をあみ出していった。

その一つは、米原から京都に向かう汽車は京都駅近くで鴨川の鉄橋を渡る。鉄橋ではあるが、かなり老朽化していたので、汽車はぐんと速度を落とすのが普通だった。買い出し組はそこに目をつけ、鴨川の鉄橋を渡る時、河川敷に立っている知人に向かって米袋や野菜袋を投げ落とすのである。立っている知人は目印のために、それぞれ手製の鯉のぼりや、小さな日章旗を手にしていたのだった。

その河川敷の目印に六歳の私が立たされた。十八歳の叔父の発案で、家に残っていた大きな大きな日章旗を持たされた。買い出しに行った母と二人の叔父は、「よく目立って大成功だった」と喜んだが、これには他の目印の人たちからクレームがついた。

京都は空襲をまぬがれたため、当時としては立派な洋館建てが数多く残され、進駐軍がいち早く駐留し始めていた。「そんな大きな日章旗をかかげるのは、奴等を刺激するから止めろ」というものだった。

下の叔父は歯ぎしりをして知恵を絞り出し、祖父（叔父の父）の友禅の白生地を持ち出して、大きな旗に縫い上げた。そして今度はその白生地に書き込む柄を思案しだした。「菊の御紋章は畏《おそ》れ多いし、家の名字では目立たないし、ここは一つ、信玄か家康だな」と言っていた。

母は関西人らしく「千成瓢箪《せんなりびょうたん》」と提案したが、「だめだ、結局秀吉は負けた。ここは家康の三つ葉葵でいく」と下の叔父は言って、祖父に隠れて白生地に書き始めた。「本物は色が地味だから深紅でいく」と、真っ赤な三つ葉葵を書き、満足そうに言った。

「進駐軍も、日章旗や天皇家の御紋には文句も言ってこようが、まさか徳川家には遺恨はあるまい。ペリーの要求をのんで開港したのも徳川だしな」

祖父は、真っ赤な葵を見つけて怒ったが、その目の奥には、戦後の食糧難を乗り切る一手段として仕方ないなあ、との思いが宿っていたように思う。

こうして米と野菜は何とか入手できる方法を確立できたが、蛋白質《たんぱく》についてもいろいろ苦労があったらしい。

上の叔父は海軍時代、舞鶴に長くいて、地元の漁師さんとも少しは心安くなっていた。彼は月に一度くらい舞鶴に行き、エイを仕入れてきた。平べったい魚なので腹と背中と腰に巻きつけ、その上に晒《さらし》を巻いて帰ってきた。まずい魚だったが祖父母はいつも手を合わせてから食べていた。

その後は鯨肉が出回るようになり、エイは徐々に姿を消していった。

我々子どもたちは、しょっちゅう駐留軍の建物の前でチューインガムやチョコレートをねだっていた。今思えば屈辱的な行為だったが、当時の子どもたちにとっては、ごく普通の行動だった。

そして私が小学校三年に上る時、家庭の事情で名古屋の伯父夫婦に預けられ、京都とは一変した焼け野原に驚いた。

名古屋の小学校では、小遣いの稼ぎ方を覚えた。近くに神戸製鋼の焼け跡があり、たくさんの子どもが学校が終わると、そこに群がった。焼け跡からは、多くの鉄くずや銅線が掘り出せて、いくらかの小遣いになったが、それを専門とする大人たちとの葛藤があり、子どもたちはいろいろ戦術を練った。

名古屋は大空襲に遭《あ》っていたが、いろいろな爆弾が使われたうちに焼夷弾も多く含まれており、その燃えかすや不発弾が数多く埋もれていた。我々子どもたちも数多くの弾を発見した。その場合はすぐ警察に通報するのがスジであるが、子どもたちはその弾を利用した。それをゆっくり掘り出して集めては、赤《あか》と呼んでいた銅線が多く埋まっている場所に、ゆっくり静かに埋め戻しておいた。

大人の専門家（鉄屑屋）が、スコップで掘り始めると、私たちはそれをじっと陰から眺めていて、あそこ掘れ、あそこ掘れと祈っていた。たまたま大人が焼夷弾を掘りあてると、彼らはすぐに埋め戻して帰る。そこで我々が銅線を掘り出すのだ。中には不発弾もあったと思う。今考えれば、ずいぶん無茶なことをやったものだ。

こんな少年時代だったので、私は少なくとも近辺で〝いじめ〟など見たことも聞いたこともなかった。衣食住に満ちあふれている現代より、はるかに健全な社会だったような気がしてならない。

仰げば尊し ——分校で学んだ思い出

久保　よしの
（岡山県）

昭和十年生まれの私が新制中学一年になったとき、つまり昭和二十三年春は、本校に教室が足りなかったので、一年生は兵舎跡の建物、分校で勉強することになった。

当時ガラスは貴重品で、ガラス泥棒が全国あちこちに出没していた。だから宿直の先生は枕元にわら草履とこん棒を置いていたという。それでも宿直室から一番遠い教室のガラスが五十枚だか盗まれたことがあった。そこに貼る紙さえ十分にない時代だった。新聞もページ数わずかだったし、包装紙やカレンダーなど見たことがなかった。やっと持ち寄った紙をガラスのなくなった所へ貼る。すると教室が暗くなる。それでも文句を言う子はいず、冬には寒くても首巻きやわた入れの「じんべさん」を着て授業を受けた。

K先生は中年男性で、柔道の心得があるというガッチリタイプだった。宿直を恐がっていやがる若い先生に頼まれると気やすく引き受け、だんだんと宿直室がお家代わりになっていた。ある日K先生の呼びかけで、〝試験勉強〟と称して希望者は夕方分校へ集まることなった。

K先生は「兎が二羽、手に入った」と、兎の前足と首に縄をかけてつないだのを示された。ところが一羽が縄からすり抜けて、まん悪く授業中の教室を次から次へと文字通り〝脱兎の如く〟走り回った。その兎が先生の貴重な栄養補給になるらしいことはおよそ想像していたので、逃がしてたまるかと、まず勉強のきらいな子が、よいチャンス！とばかりに追っかけ始めた。続いてわれもわれもと兎狩りに授業は変更。やっと捕まえた。

夕方分校に集まる者は食料品を何か一品ずつ持参する約束だった。一番金持ちの米屋のT君は、当時お金より貴重だった米と麦をこともなげに一升五合ほど持参。私はキャラメルの欠けたのを母が持たせてくれた。近くにM製菓塚口工場があって、割れたチョコレートやいびつになったビスケットが手に入り、それが野菜を行商していた母の臨時ヒット商品になっていたのだ。甘いものが欠乏していた時代で、大人も子どももキャラメルの形などはどうでもよく、ノドを鳴らして食べた。

さて、試験勉強など最初からどこかへふっ飛んでいて、集まったのは男子八名、女子は私一人。みな持ち寄ったニンジンやネギを洗ったり切ったり、米をとぐ子もいたり。そして薪《まき》も用意した。元兵舎のいたみがひどい一棟からはガラスが盗まれてワクだけになった窓枠や、分厚くて重い重い木製扉を自慢気に運ぶ子など様々だった。へっついさんはドラム缶でできたもの。そこに鉄釜を据えて米七割、麦わずか三割ほどのピカピカごはんが炊きあがる。一方ではK先生が肉と野菜を上手に炊き、ニコニコしながら、

「うまいぞーッ！　家では喰ったことがないスキヤキだ！」

その肉は白くて柔らかで、ほんとに初めての味だ。それが何の肉か考えるひまもなかった。終戦後たった三年目、食糧難のきわみだった時で「一生忘れない」と思うおいしさだった。みなが食べ終わったとき、先生が「兎だったんだぞー」「へぇーッ！」とびっくりする子や、「あッ、ボクわかってた」という子などいろいろだった。

先生はみんなが下校したあと、五時に私たちが集まるまでに隣接していた大きな池で、あの兎をしめてさばき、みなを喜ばそうと準備したことがあとでわかった。当時、家で食べるスキヤキといえば一年に一回か二回で、牛肉とは名ばかり。赤身はわずかで、スジの白ばかりが目立つ牛肉だった。しかし当時は、松茸の笠がひらききったものは安かったので、いつもたっぷり食べさせてもらえた。

さて、元兵舎の廃材を燃やして火を囲み、持ち寄った材料で思いがけないスキヤキと麦少しのごはんでお腹一杯になると、みんなぐうぐう寝る始末。宿直室と隣の教室で、椅子を並べたり、机をくっつけたりの仮ベッドだった。教室は元兵舎だっただけに床は軍靴で傷だらけ。下駄履きの子もそのまんまで、上履きなどシャレたもののない時代だった。

十月初めのことだった。制服はあってないに等しく、兄姉のおさがりや近所からのもらいものの重ね着だった。兎のスキヤキパーティの日も、もちろん蒲団など一枚も余分はないから服のまんまゴロ寝。先生は思い通り、みなを喜ばせることができてご満悦。一台だけあったベッドでクークー高いびきをかいていた。

私は先生のベッド下のすき間にもぐって眠りかけていたが、いきなり先生から、

「おい！　長谷川（私の名前）ここへ来い！　風邪ひいたらお母さんに申しわけない！」

引っぱり上げられ私は先生の体温であたたまったベッドへ。戦前、私が九歳の時、父は病死した。私の記憶は怖くて無口な父だったので、K先生の心づかいに優しいお父さんが突然できたみたいだった。そうこうしているうちに一年留年していたおませな子が、ベッド下へ来て、五、六分ごとに掛け布団をけり上げる。先生はお酒を少し飲まれたらしく、初めてかぐ臭いと何回もけり上げられるのとで、少し眠っただけだった。

朝の食事は先生が煮込みうどんをみなにふるまってくれた。土曜日だったので正午には下校したが、私は帰る道みち、兎のスキヤキの匂いと味を思い出しながら、口の回りをこっそりなめ、〝父親〟という存在の優しさをも味わった。

兵隊さんの演習場だった所に、先生方がてんでに南瓜《カボチャ》やさつま芋を植えておられた。で

かい実が簡単に成っていたらしい。畠にするとき、私たちは石ころを無数にのけたり、苗にやる水を運んだり、家でしないことをして楽しく手伝っていた。そのお礼だと言ってつるがついたまま、赤ん坊の頭ほどもあるさつま芋を一個ずつもらったことがある。芋づるや極小のさつま芋はよく食べていたが、これほど立派なのは初めてだから誰もがぐるんぐるんと振り回しながら、ぴょんぴょん駆けて帰った。

復員したある先生は暗い表情になってこう言った。

「兵隊がケガしても薬がない。栄養失調で死んでも、焼いてやる木ィさえないんだから……。死体はそのまんまどこにでも埋めてたに違いないんだ。人間の死体がこの上ない肥料になるなんてこと知らんだろう? こんなデケエもんが成ると、つい昔を思い出すなあ」

あの頃は、雑音がひどいラジオさえ村に数軒あっただけだった。阪急電車がそばを走っていて、ラジオはピーピーガァガァ。横腹をたたくとザーザーの音が消えたりした。

当時の遊びと言えば、アメリカ兵が捨てた缶詰の空き缶を利用した〝缶けり〟だった。

運動会の日は分校の一年生も本校へ行って競技に参加するのだが、みんなはだしになっていた。それはズック靴の子も靴がガバガバだからである。おじいちゃんが夜なべで作ってくれたというわら草履の子や、下駄履きが多かった。金持ちの女の子の下駄は鼻緒も赤い模様が入っていて大きさもちょうどで目立っていた。ズック靴の子は必ずと言っていいほど親指の先に穴があいていた。

運動会当日、私はまん悪く焼け釘（戦災のあとの）を踏んで血が少し落ちた。はだしだから足の裏は泥んこ。洗い場のほうへ行こうとした時、日頃のやんちゃ坊主が先生へ知らせに走った。担任が来るまでに、そばを通りがかったB先生がいきなり何も言わず、私の足を持ち上げると、傷口を吸っては吐くを五、六回繰り返された。三十代くらいの男のB先生の熱意と力強さ。あッという間の出来事で化膿もせずにすんだ。母に話したら、明日の行商の準備をしながら、

「まあーッ、おそれ多いこと！　先生には後光が射していたかもしれへんなぁ」

卒業式の日〝仰げば尊し〟を、私は万感こめて唄った。

ヒキアゲリョウで遊ぼう

藤本　静子
（香川県）

「お前ら知っとったか。シミズんちすげえでっかいんぞ」

他県から転校して間もない小学二年のころ、クラスの〝放送局〟にそう言いふらされて、いたたまれない思いをしたことがある。みすぼらしい転校生が、実は大豪邸の令嬢だった、なんていう話なら別に問題はなかったのだが……。

下校途中、おそらく放送局は見かけたのだろう。石塀に囲まれた広い敷地の中に消えて行くランドセル姿の私を。塀の中には、木造平屋の棟がL字型に伸びていて、いくつもの窓の下には花壇の花が咲き乱れている。確かにでっかい家だが、正面玄関と裏門に刻まれた「引き揚げ寮」の文字が、彼には解読できなかったのだ。

長い廊下の両側にずらりと並んだ部屋。中心部の広い台所。四箇所ずつ設置されたトイレと勝手口……。それが単なるアパートみたいなものだということが、再び言いふらされるのは時間の問題。そう思うと、急に増え出したドッジボールのお誘いも素直に受けられず、一人教室に残ってお絵描きばかりする少女から、私はついに抜け出せなかった。

そんな不遇をまるで埋め合わせるかのように、ヒキアゲ寮における私のデビューは鮮やかだった。

母子家庭のわが家が母娘三人で入居した昭和三十年初夏、三十数所帯の住人たちは、もう大昔からそこに住み着いているように見えた。ここでも新入りだった私に最初に声をかけてきたのは、刈りあげ頭が活発そうな一つ年上のスミちゃんだった。

「どっから来たん?」

「兵庫県……。前は糸崎におって、引っ越しばっかりやねん」

「ふーん。兵庫県て大阪弁みたいなんじゃね」

勝手口に腰かけて赤い百日草を眺めながら、これこそが子ども本来の自然な打ちとけ方というものだった。

その日のうちに同い年のトシちゃんと知り合い、やがてエッちゃん、キヌエちゃん、カア君、アオノ君、と覚えていったあたりから、私の仕切り屋魂は頭角を現しはじめ、夏休みが終わるころには、「花いちもんめ」の指名トップスリーにまで上りつめていた。

勝って嬉しい花いちもんめ　負けて悔しい花いちもんめ

どの子がほしい　シイちゃんがほしい

学校では決して呼ばれることのないその呼び名が耳をくすぐった。

スミちゃんのお兄ちゃんのユズル君がメンバーに加わる日は、彼の指揮のもと、山へ川へと探検にくりだした。陽が傾きかけると、必ず誰かが「ヒキアゲリョウで遊ぼう」と言い出す。山や川に負けないくらい、なぜだかそこは魅力の場所だったのである。

トシちゃんの妹のアヤちゃんを交代でおぶって本拠地にもどった一隊は、親が留守の家（といっても六畳一間と押し入れだけだが）に上がり込んで、トランプ遊びで一日を締めくくる。

小学生といえども遊んでばかりはいられない。夕方になると共同台所でのご飯炊きである。女手一つで五人の子どもを育てているスミちゃんの母親は日雇い仕事、トシちゃんの両親は飲食店、私の母は服地店で働いて疲れて帰って来る。よそのお母さんたちに混じって、三人娘は並んでお釜の米をとぐ。三人とも次女や三女や末っ子なのにと、疑問がかすめることもあったが、うちの姉同様、要領のいい兄弟たちに「お前が一番上手じゃけ」とでも言いくるめられていたのだろう。

台所は廊下から一段降りた土間になっているので、個人の履き物をうっかり引っかけようものなら大変である。

「誰ね！　人のをすぐ履いていくのは。まったくあんたたちは足クセが悪いんじゃから」と甲高い声が飛んでくる。子どもたちの間で最も恐れられているツクダのおばちゃんである。当時すっかり老婆のように感じていたが、今思えば五十歳にもなっていなかったに違いない。

三人娘はしょっちゅうけんかもして、二対一に対立する。姉御肌のスミちゃんも、縄跳び、毬《まり》つき、何を競っても私を悔しがらせるトシちゃんも、敵に回したくない存在なので、三日四日口をきいていない時なんか、これが仲直りのチャンスである。「ふーんだ。怒りんぼの佃煮ババア」と、背中にあかんべえをして三人で肩をすくめる。

いつも頼りにしているユズル君が、そんなところへ泣きながらやって来ることがある。「スミを見てみい、お前も薪ぐらい割らんかい」と長兄のテッちゃんにまたどつかれたのだ。板前修業のテッちゃんは、覚えたてのギターを出窓の所でボローンと鳴らしている。(なにが〝酒は涙かため息か〟だ。おまえのボローンの方がよっぽどため息モンじゃ)と、ユズル君が大好きなみんなはそれを見て思っていた。

――こうして私の記憶の映写レンズは、際限なくあの頃を映し出しながら進んでいくのだが、不意にランドセルからはみ出した茶色い給食袋なんかが映ってしまうと、画面は急に色彩をなくす。そこからシーンがまた学校に切り替わってしまうからだ。

「シミズさん。給食費持ってきましたか」

もうそれが三回目の呼び出しで事情は歴然なのに、先生の声はどこまでも事務的である。

山田洋次の映画のようなわけにはいかない。もっと恥ずかしいのは、年に二回、ノートや靴下などが、私を含めた二、三人に教室の隅で渡されることだ。よくわからないが、国や市からの支給らしい。そして何より苦痛だったのが、隣の子の教科書を半分見せてもらわなければならない授業である。中国の天津《てんしん》ではお手伝いさんを三人雇っていたなどとよく自慢していた母だが、今や子どもの教科書も買いそろえられないとは、落ちぶれようにもほどがあろうというものだ。

「ねえ、一緒にドッジボールしよう」

級長のネイシさんの利発そうな笑顔が画面をかすめるたびに、あの学校机に置き忘れてきた宝物の大きさに思いが乱れ、白黒の画面はやがて闇の向こうへ消えていく……。

何度繰り返したか知れない頭の中の長編映画。たいてい就寝前にそれは上映されるのだが、（被災者用に建てられたにしては古びていたから、元は母子寮か何かだったのかも知れない……）とか、（永遠の時間に感じられたが、あれは五年生までのたった四年間の出来事だったのか！）などと、途中でいろいろなことに気づく。

そして本当はもっと重大なことにも気づいている。この長編が何年経ってもただ冗長な娯楽作の域を出ないその原因に……。

一つ屋根の下、ヒキアゲ寮の親たちも互いに行き来して、身の上話で苦労を慰めあっていた。すんでのところで長男と長女は中国に置いてくるところだったスミちゃんの母親、金目の物は身ぐるみ没収されたトシちゃんの母親、引き揚げ船の中で、なけなしの毛布を病人に分け与えたという私の母親……。まさに「戦争を知らない子どもたち」の元祖である私が、当時小耳にはさんだそれらの話こそが、この物語の一番大事なテーマではなかっただろうか。あまりにも長い間、私はそのことを見過ごしつづけてしまったようだ。

「それはそうと、お父さんってどうして大陸に渡ったの？　引き揚げ船ってどんな船？」

膝をつき合わせてじっくり聞きたいと思ったときには、あれほど才気走っていた母も、私を「おかあさん」と呼ぶ童女帰りをしたあとだった。

「ヒキアゲリョウで遊ぼう」

遊び道具の呼び名の一つみたいに、ただ無邪気にそう言って、並んでまたがった石塀。その門に刻まれた文字を、記憶の彼方で私はじっと見上げる。「引き揚げ寮」……。半世紀も経ってその解読がいまだにできていないのは、この私自身なのである。

青春は紡績会社

杉浦　節子（愛知県）

中学卒業を来年にひかえ、進学組と就職組に分かれて勉強することになった。私は勉強が好きだったので、母に「高校へ行きたい」と言ったら「行きたけりゃ、勝手に行け」と言ったきり奥へ入ってしまった。

「よし、就職して勝手にやろう。私の人生は自分で築いていくのだ」

昭和二十六年、先生が勧めてくれたのは、地元の紡績会社。同じ学校から十人就職試験を受けた。条件の一つに「体重四〇キロ以上」とあったが、当時私は三六キロ。

学科試験はなんとかなると思ったけれど、身体検査で落とされるかとビクビクしていた。当日、体重を増やしたいために、パンツを三枚はいて体重計に乗ったけれど、体重は少しも変わらずガッカリした。

でも数日後「合格通知」が届いた。

同期に入社したのは一五十人くらいで、長野県、新潟県、静岡県の人が多かった。

女子寮は一部屋（十二畳）に六人から八人。寝るときは、布団を隣りと重ねるようにして、二列に敷き頭が向き合うように並べた。真ん中に歩けるだけの三〇センチぐらいしか、畳が見えなかった。

紡績会社は早番・後番の二部制。早番は午前五時から午後一時まで。後番は午後一時から午後十時までの一週間交替。

一番つらいのは早番の起床時間。冬の四時は真っ暗、舎監室からマイクで放送される。

「おはようございます。四時です。起床のお時間です」

「あーあ地獄の指令だ」

思わず布団を引っぱり上げもぐった。だが無駄な抵抗もつかの間、仕方なく起きあがり、急いで長い寮の端にある洗面所に並んで待ち、顔を洗い、身支度をして寮を出る。外はまだ暗く、身を切るような冷たい風。星がキラキラ輝いている中を工場まで走る。

午前五時、始業サイレンが鳴ると同時に、機械のスイッチを入れる。静まり帰っていた工場が一斉に「ゴーッ」とうなり出す。冷暖房の設備などなく、冬はゾクゾクと寒く、夏は機械と原料の熱気で、綿入りの汗が流れた。

紡績は原料が綿だから、工場内は綿ぼこりがすごい。頭から体中、まつ毛まで綿ぼこりが積もった。

入社して三カ月が過ぎたころには、工場の仕事も、寮の生活にもだいぶ慣れてきた。私はかねてから気に掛けていた「高校通信教育」の案内書を、二校分とり寄せた。しかしどちらの学校も、入学金、授業料など「なにっ、これ」という高い額だった。初めてもらった給料は一三六〇円。この中から自分の衣類、日用品、和洋裁、茶華道の月謝、実家への送金、たまには映画観賞も。

これではとてもじゃないが、やっていけない。勉強するには、意欲だけでは無理だ。大金が必要なんだと、つくづく思い知らされ、通信教育は断念したのである。

会社の休日は日曜日だけだが、時々日曜出勤があり、十五日間連続で働くことになる。体はきついが、休日出勤は現金支給されるのが魅力だった。その現金二〇〇円にひかれてよく出勤した。

寮生が千人以上いたせいか、同姓同名の人が三人もいた。「鈴木（私の旧姓）節子さん、面会です。面会室でお待ちです」と放送が入る。私ではないと思いながら、急いで寮を出て正門横の面会室へ。そっと中を見て、やっぱり違うと確認して引き返す。次々と鈴木節子さんが走ってくる。私には一度も面会人はなかった。

規則に縛られている寮生活の中で、一番の楽しみは、何といっても映画。映画以外に何もなかった昭和二十年代後半。映画館はいつも超満員。立って見るのは当たり前。その日もはぐれないようA子と手をつなぎ、前の人の肩と肩の間から観ていた。映画の内容が核心に迫ると、思わずA子の手を力強く握る。相手もギュッと握り返す。こうして二時間ほどお互いに手で感想を確かめ合いながら、一本目が終わった。

館内はパッと明るくなった。ふと見ると、A子が二、三人向こうでニコッと笑っている。

「あれっ？」

私は今、だれと手をつないでいるのだ。目をだんだん見上げていったら、なんと肩の上には若い男性の顔が。

あっ！　それも澄ましてスクリーンの方を見ているではないか。慌てて手を離した。恥ずかしいような、悔しいような複雑な心境だった。青春時代の真っ暗な映画館での、鮮やかな思い出である。

そのころ市内の小学校の講堂でフォークダンスの練習があるからと、同僚から誘いを受け、数人でのぞきに行ってみた。明るく広い講堂に、若い男女が音楽に乗り、笑いながら踊っている。住んでいる女子寮はもちろん、工場の中も女性ばかり、男性は班長と組長と電気工事の人ぐらい。それが、ここは違う、半数が男性である。まるで別世界のような気がした。こんな楽しい遊びがあったのかと、日曜日が待ち遠しく、どんどんのめり込んでいった。

だが私たち寮生には門限がある。まだ踊りたりない気持を残し、帰りは二キロ余りをびゅんびゅんと走り続け、門限ぎりぎりの九時に門衛さんの前を通り抜けた。みんなハァハァ言いながら、まじめに門限を守った。

紡績会社の従業員は、女性が九五パーセントぐらいを占めているので、女子寮に付随して、「洋裁・和裁・編み物」と三つの教室があった。早番の時は午後に、後番の時は午前に、それぞれ二時間ずつ希望者だけが勉強できた。私は欲ばりなので三つとも入会した。

当時は既製服はなく、服装もスカートも自分で作って着た。編み物も編み機が普及しはじめたころなので、一生懸命に教わりながら、ジャージャー編んでは着た。

お茶とお花は寮内にはなかったので、社外の茶華道教室へ通った。一週間に一回のおけいこは一度も休まず、退社するまで七年間通った。

ある日、おけいこの最中に、

「節ちゃん、あんたはいつまで経っても、彼氏ができんだねえ、まじめに、ここに来るからすぐわかる」

女性の先生に言われた。

私は褒《ほ》められたのか、けなされたのかわからずニヤニヤしていた。そうかといって、本当に彼氏はいないのだから、急に休み出すのもおかしなもので、それからも相変わらずまじめに通い続けた。

「花嫁修業」というからには、修業しないと花嫁になれないような気がしていた。けれど新潟県から来ていた同室のB子は、花嫁修業なるものは一切せず、いつも畳の上に寝っ転がって、ピーナツや焼き芋を食べながら『平凡』や『明星』ばかり読んでいた。

私が誘うとB子は笑いながら、「人間は食べることと、寝ることを知っていれば生きていけるよ」と、すましてポリポリ食べては横になっていた。ブクブク太っていくがいっこうに気にする様子はなかった。

二年ほど過ぎたころ、B子の実家から縁談の手紙と写真が送られてきた。そのB子が一番最初に結婚退社して、古里へ帰ってしまった。世の中わからないものである。

就職して七年が過ぎ、私は二十二歳になっていた。同期の人が結婚退社していくと何となく気が揉《も》める。そんな時、親戚から縁談がもちこまれた。早速次の日曜日、名古屋の伯母の家で見合いをした。相手は二十七歳、職業は大工。大工なら家が建つ。子どものころから借家を転々としている私は、家というものにあこがれをもっていた。

トントン拍子に話が進み、四カ月後の十月、名古屋で式を挙げるため、両親兄妹と五人で国鉄の始発に乗った。車窓をながめながら、これで本当によかったのだろうか……。

青春時代がどんどん遠ざかっていく。

一人の人間として ——就職難時代の寮生活

佐藤　敏夫
（愛知県）

座るところ、寝るところがない

名古屋市の毛織物関係の会社に就職のため、郷里の福島を離れてから、早いもので半世紀余になる。当時は就職難の時代で、大卒の初任給は一万一〇〇〇円ほどだった。「もはや戦後ではない」と言われたが、大企業は別として、従業員一二〇人足らずの中小企業の給料は低く、寮費・食事代を差し引いた手取額はわずか三〇〇〇円だった。

休日は月に二日あれば良いほうで、食事に至っては、麦入りのご飯に味噌汁と薄く切った沢庵二切れ、農家の質素な食事よりもひどいのに唖《あ》然とした。正午の時報が鳴り、先輩は「昼飯に行こう」と言うと、小走りで工場裏手の食堂へと急いだ。食堂とは名ばかりの、まるで工事現場の飯場だ。無造作に並べた飯台の両側には、六人掛けの長い椅子があった。飯台にはみんなが食べる丼ご飯と、ウドンより細めの麺が入った丼が並び、中央にはウドンの掛け汁のナベが載っていた。中には小さく切った油揚げ十二、三切れが浮いていた。

「ここに座って食べやー」

と先輩が長いすの左端を指した。細麺が好きな私は、汁を掛けると一気に啜《すす》る。美味しかった。しかし、丼ご飯を食べる段になり、おかずが二切れの沢庵だけということに気がついた。その時、昼の時報と同時に先輩が食堂へ急いだわけがわかった。掛け汁の中に十数枚ほど浮いている油揚げをすくうために小走りになったのだ。そういえば先ほどのウドンには、当然油揚げは一つも入っていなかった。

夕食には、頼みのおかず一品が付いていた。しかし、もっと問題があった。昼食のときは気づかなかったが、男子社員十五人に対して長いすには十二人しか座れず、残り三人は立つことになる。今、私が座っている席は昼に座らせてくれた先輩の席で、案の定三人は立って食べていた。当然、翌日から私は座らなかった。

寄宿舎は、工場の南側にある別棟で（他に工場内の隅に、ベニヤ板で仕切った部屋もあった）四畳半と六畳の二間の部屋には、既に三人ずつ先輩が寝泊まりしていた。私は六畳間の部屋で寝ることになった。しかし、布団とそれを敷くスペースがない。結局、真ん中で寝ていたKさんの布団に入りこんで二人で寝ることになった。社会に出て、二つの難関をクリアしなければならなかったわけだ。

初めての経験だったので、実社会はこんなものかと思うと、あまりショックはなかったが、時が経つにつれ毎夜布団の半分が頭をよぎり、正直辛かった。人一人採用しておきながら、睡眠を取る安らぎの場も確保せず、寝具も提供しない無神経な社長夫妻の人格を疑った。最初に挨拶した時の印象より、はるかに心象を悪くした。たまには一人になりたい時だってある。二十四時間プライバシーを保てる時のない寮生活は、できることならしたくないと真剣に考えた。

仕事に大分慣れてきて、食べものは皆同じなので我慢できたが、布団半分の一件ではKさんに迷惑をかけているかと思うと、毎日のことなので当然気が引けた。それでか否か、初の給料も未だもらっていないのに、Kさんがカネを貸してくれと言ってきた。また外出時には、カネだけでなく腕時計や替ズボンまで貸してくれと言われた。私は、布団を半分使わせてもらっている負い目から、無下に断ることもできず、どう対処していいか心の収拾がつかなかった。

五月に入り、待ち遠しかった初給料が支給された。手取り三〇〇〇円の中から一〇〇〇円は社内預金に天引きされた。しかし、預金の証明となる通帳や、肝心の給料明細書も添付されない。ずさんな会社の姿勢に呆《あき》れかえった。叔父に紹介してもらった会社だったが、入社早々、ほかの就職先を探すか、最悪の場合は退職かと心は揺れ動いた。

そのうち心身ともに疲れ、六月に入ると体調を崩した。仕事を休み、寮で寝ていると、気の優しい肝っ玉タイプの賄《まかな》いのおばさんが、「食べなきゃだめよ」と、お粥《かゆ》を持ってきてくれた。名古屋に来て初めての優しい言葉に目頭が熱くなった。熱があるせいか食欲がない、でも一生懸命食べた。熱は翌日になっても下がらないので、市内の上飯田第一病院で診察を受けた。医師は口を開けさせ舌を見るなり、「胃がわるいなー」と一言。この言葉が何かにつけ、これからの私の人生にまとわりつくことになる。

医者の薬が効いたのか、風邪も治り職場に復帰した。仕事と安い給料は我慢できたが、今までの数々の理不尽が忘れられなかった。一人の人間として見てもらえないような気がして、とうとう退社を決意することになる。

「胃が悪いので辞めさせていただきます」

「辞めるんじゃなく、静養して良くなったらまた来るということにしたら……」

と奥様はおっしゃってくださったが、そんなことはどちらでも良かった。一刻も早くここから脱出したいだけで、さっそく荷物をまとめて帰るばかりになったが、給料精算の気配がない。給料の一カ月分と先月の天引き預金千円を合わせ、四〇〇〇円あるはずなのに。それならそれでいい。先月、月賦で購入したポケットラジオの三〇〇〇円と、ベルト代一〇〇〇円の未払い金でちょうどプラスマイナスゼロということになるので、あえて給料精算の請求はせずに会社を後にした。最後の最後まで理不尽なことばかりで、退社に悔いはなかった。

三カ月で挫折した弱虫君は、名古屋の何もかもを忘れようと、わき目も振らず一昼夜かけてふるさとへ帰った。両親や長兄は何も聞かず、あたたかく迎えてくれた。その夜、祖母が作ってくれた「絹さや」の味噌汁の美味しかったことが忘れられない。借り寝の布団から解放され、手足をふんだんに伸ばし、三カ月分を眠ったようだった。

田舎へ帰って一年半のあいだ農作業を手伝いながら、あわせて求職活動もしたが、就職難の時代で特に田舎では難しかった。とうとう、こともあろうに辞めて悔いはなかったはずの会社に再びお世話になる羽目となった。でも世の中、人間の運などは、どこでどうなるかわからなかった……。

「一宮の工場に欠員が出たので……」

名古屋の工場へ行くと、姉妹会社のD社一宮工場へ行くように言われた。建てられてまだ日が浅いのか、小ぎれいな洒落《しゃれ》た造りの工場だった。すぐさま部屋に案内され、最も気にしていた布団と毛布が置いてあるのを目にすると、今度は頑張れそうな気がした。一人の人間として認められたようで、すごく嬉しかった。

馬が合ったのか、ここでは十年間勤めた。そして生涯の伴侶となる女性にも出会うことができた。後に毛織産業の衰退から退職し、私は大手スーパーに転職した。業務はきつかったがやり甲斐があり定年まで勤め上げた。

たったの三カ月でUターンしたことは、弱虫と思われたり、事実を話しても言い訳に取られ、よけい惨《みじ》めになりそうなので、だれにも話さなかった。今、初めてこの文章で明かしたわけだが、最も伝えたかった両親と長兄は他界してしまった。読んでもらえないのが残念だ。

母への思慕は鯖鮨《さばずし》の味

樋口　兼康（愛知県）

私はまもなく古稀を迎えようとする年齢だが、歳を取れば取るほど、子どもの頃に田舎のおっ母さん（実家の亡母）が作ってくれたあの鯖鮨の味を忘れることができない。あの味を思うとき、あの日あの時のことを今でも鮮明に思いだす。

私は、戦前の昭和十四年に岐阜県に生まれ、終戦後の二十二年に村立の立花国民学校へ入学したから、戦中戦後の食糧難時代を山間の僻《へき》地、美濃保木脇の郷で過ごした。

保木脇は四季折々の自然に恵まれ、山紫水明の別天地であった。殊《こと》に奥山から染み出てここを下る谷川の清水は、今も流れ続けている無名の名水である。

これから書こうとする思い出は、その清水に塩鯖を晒《さら》して、母が丹精込めて作ってくれた特製の鯖鮨のことで、その味は我が母と子どもたちの奏でた忘れ得ぬ思い出のハーモニーである。

私は昭和三十三年に高校を卒業し、都会に憧れて名古屋の繊維会社に就職し、会社の寮に下宿した。社会人としての旅立ちであった。

保木脇の地で生まれた子どもたちは、あたかも『郡上節《ぐじょうぶし》』の歌詞のように、長男以外の全部が余所《よそ》へ出て行かなければならない事情の土地柄と時代であった。

実家を後に、名古屋へ出発する前日、兄弟たちが皆そうしてもらったように、母は私にも特製の鯖鮨を作って門出の膳としてくれた。

会社と寮の生活は封建的で、まるで軍隊のようであった。命令とお仕着せだけが横行する旧態然の組織である。入社と同時に頭を五分刈りにし、前掛けをかけ、下駄に履き替えさせられた。寮生は二十数名いた。徹底的にしごかれた。朝はまだ暗いうちに起き、深夜まで働いた。仕事は、命令されるままの雑用であった。入社時の四月に九人であった同輩が六月には四人に、十二月には三人に減った。私も辛抱しきれず一年で退社して、職場を変わった。

寮生活での食事は質素そのものであった。新入社員が当番で皆の食事の世話をした。朝は飯と味噌汁だけで大した手間はかからないが、それでも二十数人分の飯炊きとなると、四時には起きなければならない。起床の際、他人の迷惑にもなるし、修業のためだからという老社長の命令で、朝起きのための目覚まし時計は禁止されていた。責任を感じて寝つかれなかった。

昼、晩の副食は当番が市場で買ってきたタマネギの掻き上げ天ぷらか、じゃがいものコロッケ程度で、酸《す》っぱいゲップが出た。タクアンは「見切れ」に通じるからと二切れしか付かなかった。

〝何事も、思うがままにならざるが、我が敷島の大和魂〟

この理解し難い標語を毎日、朝礼で唱和させられた。どの仕事にも文句は言えなかった。寮生の外出は原則的には一年間禁止で、外に出られるのは大奥さま（ゴッサマ）のお供で広小路の大和証券へ風呂敷包みを両手で捧げて三歩下がってついていく時か、孫の絵の塾通いのお供ぐらいの時であった。まるで監獄であった。

私たち寮生は、四月に入社して八月に初めて外泊許可が出、帰省が許された。待ちこがれた日である。いつもの四時よりもっと早く起き、身支度を済ませ、主人とゴッサマに玄関先で外出の一瞥《いちべつ》身体検査（商品の反物を持ち出されないための）を受ける。

「行ってまいります」と会社の玄関を出たのは、まだ朝モヤの立ちこめる早朝であった。

「昼のまわし（準備）ができたよ！」

飯台に向かうと、檜《ひのき》の鮨櫃《びつ》が置かれている。夜な夜な夢に見た「おっ母さんの鯖鮨」である。

「おまはんた（あんたたち）、ちゃんと食べさせてもらっておんさったかや。さあさ、好きなだけたんと（いっぱい）食べんさいよ」

これがあの懐かしい保木脇の谷の清水の流れで晒《さら》した塩鯖のほぐし鮨であり、親子の情愛と清らかな水の流れに醸し出された里の我が家の秘伝の一品である。母は二、三日前から準備して待っていてくれたのである。

「そうやけど、近頃足の具合が悪うて、谷までの道の草藪が繁って行きにくいから、鯖の晒しが、おまはんたがおんさった（居た）時のようによう（良く）できんでなぁ…」

子どもたちは皆、紐で縛った塩鯖を担いで行って谷の清水で晒すのを手伝ったものだ。母は、この団欒《だんらん》の中に自分の存在を信じ、子らのために作った鯖鮨を絆として家族の幸せが末長く続くことを心から願った。子どもたちも同様であった。

自分のことは構わずに、子どもの健やかな成長だけが生き甲斐だった母の晩年であった。

「おまはんたがまめ（元気）で仲良うやっちょりんさる（やっていなさる）だけで、わっち（私）は満足やで……」

というのが母の口癖だったが、子どもたち五人が一度に実家を出ていなくなり、それからの日々というのは寂しくてならなかったようである。

晩年の母は、夕方になるといつも表へ出て、軒先を通る郡上行きの列車を見て、

「名古屋へ出ていった子どもが帰ってくるかもしれんで（しれないから）…」

と言っていたと、里の隣人が、たまに帰省する私たちに気の毒そうに話してくれた。

ある日私は急に母の顔が見たくなって車を飛ばした。やはり立っていた。しばらくその後ろ姿を見ていたが、そっと近づいて、

「おっ母さん」

と声を掛けた。母は人の気配に気がついて振り返り、

「あ、やっぱりおまはんやったか。確か乗っちょんさる（乗っている）ように見えたで…そうやったか、よう来ておくんさった。良かった！」

と言った。その時、郡上行きの列車はまだ通ってはいなかった。

「おまはんが帰って来んさるんやったら、わっちが鯖鮨を作っておくんやったに」

その頃の母には既に火を扱うことなどは禁止されていた。

それからいつ帰っても、母は遠くをぼんやり眺めるようになっていたし、近所の人に、

「名古屋はどっちの方やろか？」

と何遍も何遍も同じことを聞いていたという。

Ⅲ　高度経済成長期

「金の卵」は孵《かえ》ったか？

結城　勝幸
（青森県）

昭和四十三年、就職列車に身を委ね、残雪被う小鏑山《こかむろ》（山形県最上《もがみ》）を後にしたのは十五の春だった。わずかばかりの餞別《せんべつ》を握りしめ、車窓に映る両親に誓った——「今度帰るときには立派な理容師となって、うんと孝行するからね」と。希望に燃えての上京だった。

ところが、着いた所は修学旅行で観た銀座の景色とは程遠く、高い煙突が空を塞《ふさ》ぐ川の臭う下町だった。当時中卒者は「金の卵」ともて囃《はや》された。高度経済成長の担い手として、田舎から都市へ大量に移出された。

見習いや丁稚《でっち》は、雇う条件として、一年間の猶予期間があった。資質や技量を見きわめた上で理容学校に通わせてもらえた。親方家族と先輩七人が同居する生活（住み込み）にプライバシーはない。私の序列は親方の悪ガキどもにも逆らえない最下位で、雑用が主だった。訛《なまり》が強く電話の応対にも震える毎日だったが、手紙には「東京の生活にも馴れ、楽しい。親方や先輩方もとても優しくしてくれます」と書いた。

当時の世相は、授業料値上げ反対に端を発した学生運動が矛先《ほこ》を変え、日米安全保障条約の批准《ひじゅん》の是非をめぐる問題へと移行していった。争議は国論を二分し激しく対立、街は機動隊とデモ学生が揉《も》み合う紛争の場と化していた。秋に国家試験を控えた上京三年目、髪を伸ばしラッパズボンで闊歩《かっぽ》、頬の赤味も薄くなっていた。しかし、新聞記事の「アナーキー」「ノンポリ」の意味さえわからず、お客様の前で耳を真っ赤に染めるのだった。そんな折、私は舌禍《ぜっか》事件を起こしてしまった。

「社会主義の理想?……、どうせ君などに話しても無駄だ」

革命を志す学生が蔑《さげす》むように吐いた。その目は下等な人間を憐れみ非難するように映った。私は体面を傷つけられ、すっかり自分を見失っていた。

「偉そうに、親の仕送りで喰っているくせに何が国家の独立だ」睨《にら》みながら叫んでいた。

「お客様に向かっていう言葉か、替われ」

親方に咎《とが》められ我に返った。先輩らは生意気な世間知らずと、同情を装い学生を庇《かば》った。ペコペコと頭を下げる親方を見て、「何と卑屈で惨《みじ》めな職業だろう」と、淋しく嗤《わら》った。

親方に意見するなど徒弟制度下では謀反《むほん》に等しい時代だった。「なあ勝。客商売は聞き上手、喧嘩売ってどうする。政治と宗教の話はするな」と戒められ、厭《いや》な客でも深々と頭を下げ、儲けてナンボの職業だとも諭《さと》すのだった。私は仏頂面で下を向いたまま劣等感を増幅させていた。

（同じ聞き上手にしても、相槌《あいづち》一つにしても、物事に造詣《ぞうけい》が深ければ、お客様との会話がはずみ心を捉《とら》えることができるのでは？）――そう思っても無知ゆえ言葉になって出ない。そんな態度が気に入らんと、挨拶以外は一切話すべからずと箝口令《かんこうれい》が下った。

悶々《もんもん》と過ごすある日、私好みの美しい女性《ひと》が顔剃《そ》りに訪れた。定時制高校を卒業し高等看護学校に進むという。

「これからは学歴がないと婦長は無理、准看護婦で一生終わりたくないもの」

働きながら卒業式を迎えたその顔は、誇らしく希望に充ち満ちていた。職人になっても癒されない「何か」が鮮明にはじけた瞬間だった。（そうか、夜でも学べるんだ。親にも負担をかけずに済みそうだぞ）と思うや否や、晩に荷物をまとめ翌朝には店を飛び出す覚悟を決めた。

夜明けの闇でガサゴソやっていると、「勝君、何か忘れてない。親方にけじめをつけてから出るなりしなさい。礼儀でしょう」。全てを見透かしていた奥様に首根っ子をつかまれ、引きずり出されると、促されるままに思いの丈《たけ》を吐かされた。怒鳴られ窘《たしな》められると首をすくめた。

「わかった好きにしろ。もう今日から親方でも弟子でもない」

無口な親方は、そうなることを知っていたかのように呟《つぶや》いた。

同郷の誼《よしみ》で我が子のように面倒をみてくれた奥様に申しわけなく思った。

「ちょっとかじったぐらいで……生意気だよ」傍らで声を上げずに泣いていた。

やりきれぬ身の上を嘆いての泪《なみだ》なのだろうと、その時は思った。先輩たちが次々と起きてくると親方の顔色が豹変《ひょうへん》した。「いいか勝、二度と家の敷居をまたぐな。葬式にも来んでいい」

靴ごと荷物を放り出し、仁王の形相で追い払った。無理もなかった。手塩にかけ、やっとこれから楽ができると踏んだ矢先に、お礼奉公も反古《ほご》にして高校に行きたいとぬかすのだから。今になって思えば、そうでもしなければ律儀な先輩たちに示しが付かなかったのだろう。

夢を追い、奉公先から出てはみたものの、現実は厳しく途方に暮れた。忙しくなる夕方から夜学に通わせてくれる店など、足を棒に探してもなかった。理容組合の連絡網を通じて「理不尽な流れ職人」と烙印を押されないだけでも善《よ》しとしなければならない立場だった。預金は数カ月で底を尽き、今さら土下座して戻るわけにもいかずアルバイトで凌《しの》いだ。理容師紹介所の勧めで某会社の厚生施設で働くこと四年、さらに大学に進むと学歴コンプレックスも次第に薄れていった。新たに法職で身を立てたいという野望が湧いていた。

学生運動は、浅間山荘事件、新宿駅投石事件を機に騒乱罪が成立、終焉《しゅうえん》を迎えようとしていた。ＧＮＰ（国民総生産）も急成長、職人の待遇も改善され、世はまさにプチブル（プチ・ブルジョアジー）時代。だが、一年足らずで無理がたたり、腹膜を病みダウンした。成就するまでは親や友でも修業の足枷《かせ》になる……、私の融通の利かない性格は蟄居《ちっきょ》のような生活を自《みずか》らに強いた。「勝は死んだらしい」と、田舎で噂が流れたのもその頃だった。

病床に伏す横で聴く歌詞に心を揺り起こされた。「毎日毎日、ボクらは鉄板の上で焼かれていやになっちゃうよ〜」（「およげ！たいやきくん」）、たいやき君は私の投影だった。「懸命に走り続け、余裕のない生活よりも、六分の力で生きたほうが楽しいのでは？」と、もっと肩の力を抜けと囁きかけてきた。仕事をめぐる価値観に大きな変化が現れた。偶然にも「豪華客船、乗務員募集（理容師）」と、書かれた新聞広告が目に入り飛びついた。日中国交正常化から七年が経っていた。

在学中の夏休み、上海船員ホテルでのレセプションで、日本の理容技術を披露することになった。「ジャパニーズ・ナンバーワン・ヘアーアーチスト」と、キャプテンが紹介したのである。大ウソだった。電髪しか知らぬ中国ではコールド液によるパーマは驚異だったようで、大歓迎された。後にわかったことだが、先輩らも同じように紹介されたとか。キャプテンの悪戯《いたずら》が、（私にはこの仕事が一番かも……）と錯覚させた。

大学卒業と同時に店長の大役が回ってきた。他の職に未練はない、この道こそ進む道とばかりに張り切った。ところが「店長にはついていけません、どうぞ一人で頑張って」と全員が辞めていった。社会保障のない給与体系を見直すには、売上げアップこそが鍵とばかりにノルマを課し、経営者と交渉する構えだった。だが、返ってきた答えは「息が詰まりそうで楽しくないもん」だった。私はクビとなった。矛盾を許せない私は、ただ疎《うと》ましい存在でしかなかったのだろう。

そんな折り、親方が倒れたと風の便りで知った。心の中では会いたいが、半端な姿は見せたくなかった。迷った。「馬鹿みたい。意地を張って。わだかまりなんて、なによ」後に妻となる女性に背を押され、十年ぶりの再会となった。

「ああ……」親方は無言で手を握った。「勝か、店は持ったのか？」

「いいえ、遠回りばかりで、すみません」

威厳に満ちた口髭《くちひげ》もすっかり白く、体もこんなに小さかったのかと驚いた。

その後独立したが、給与が安いと従業員は去り、娘も客商売は性に合わないと理系の大学院に進んだ。職業の貴賎に悩み、格差に憤りを感じた頃の話である。

川は真っ赤だった――伊勢湾台風と金魚捕獲作戦

加藤　秀美
（愛知県）

今年もまた、早々と台風の来襲しきり。早くも七月に九州に上陸した台風四号は各地に大きな被害をもたらした。

大きな台風が来ると、いつも私は少年時代に体験した伊勢湾台風を思いだす。

あの年、昭和三十四年は、民間から初めて皇室に嫁がれた正田美智子様と皇太子とのご成婚の年でもあった。また、あの「我が巨人軍は永久に不滅です」という名言を残した長嶋選手が巨人軍に入団した年でもあり、鮮明に覚えている。

小学四年生の秋、九月二十六日の夕方のことであった。その日、台風襲来ということで学校が早く下校になり、家に帰った。風が異常に強くなり、風に向かって歩いても何度も押し戻されるようなことがあって、これまでにはない〝何か〟不吉なものを感じた。

家では風で雨戸が飛ばされるのを防ぐために、一家総出で家中の雨戸に釘《くぎ》で補強する作業に追われていた。私も手伝わされた。

あの夜の風の凄さは忘れられない。畑の中の農機具を入れる小屋が五〇メートル近くも吹き飛ばされ、転がっていた。また未曾有の高潮で、木曽川の堤防の木のてっぺんの枝に打ち上げられた鯉が引っ掛かっていた光景も見た。

台風が通過した翌日、被害の大きさをあらためて知った。私の家は「金魚の弥富」で知られる愛知県弥富町、「海抜ゼロメートル」といわれる町にあった。幸い佐屋川の堤防の上に建っていたので流されなかったが、近隣の一帯は木曽川の堤防が決壊して水が輪中《わじゅう》＊に入り込んだため、中にある家や木曽川の近くにある家はみんな流されてしまい、多くの人が尾張大橋の鉄橋で夜を過ごしていた。

木曽川の河口地帯は、死骸の山だった。天をつかむように両腕を突き出して水に浮かんでいる人、荷馬車の馬が腹を大きく膨《ふく》らませて流れていくなど、高潮の脅威を実感するばかりだった。木曽川堤のどこを歩いても死骸が放置されたままで、尾張大橋から木曽岬《きそざき》、鍋田干拓地まで、どこまで行っても死骸の山だった。それまで見たことも聞いたこともない惨状に足が震え、ろくにものを言うことさえできなかった。

学校は一カ月くらい休校となった。子ども心にはそれも嬉しく、毎日魚捕りに明け暮れて遊んだ。遊びに度が過ぎたのか、担任の先生にはよく叱られた。この先生はいわゆる〝熱血教師〟で、言うことを聞かない生徒をよく殴った。殴るときには目に涙を浮かべていたのがよくわかったので、今でも恨みの感情はなく懐かしく思い出す。ある日、その先生から激しく殴られたことがある。その後遺症からか四十年後の今でも慢性中耳炎と耳鳴りに悩まされている。今の学校と保護者の関係だったらただでは済まないだろうが、これも伊勢湾台風にまつわる思い出の一つである。

さて、問題の魚捕りだが、金魚の養殖日本一という弥富町のこと、堤防の決壊で金魚たちが逃げだし、用水や小川が真っ赤に染まったのには本当にびっくりした。どこの用水や小川にも大中小の金魚たちが群をなして泳いでおり、真っ赤な川がどこにも見られた。

友だちを誘い、しばらくの間は金魚捕りに明け暮れた。この頃は農地整理前（本格的な農地整理は昭和三十九年から行われた）で、用水も小さく入り組んでいて、あちこちに張りめぐらされている状態だったので、簡単に田んぼや用水に入って金魚をつかまえることができた。

市場で高価な値で取り引きされるデメキンやランチュウなど、高級な金魚はほとんど死んでいた。生き延びて元気でいたのは、ほとんどが安価な和金だった。〝雑草〟のたくましさを子ども心に知ったものだった。

せっかく捕まえた金魚も、学校に持っていって自慢していると、先生に全部取り上げられてしまった。

後で知ったことだが、弥富町の金魚の損害は当時の金で約三億円だったとのこと。そんなことなら、町中の子どもたちを動員して、町のためにもっと組織的な金魚捕りに取り組めばよかったのにと思ったことがある。このことは、今でも当時の仲間との同窓会などで、時々話題になったりする。

金魚捕りを除いて、伊勢湾台風は悲しい思い出ばかりである。学校の先生と仲間のうちにも、あの黒い水の下に沈んでふたたび帰らなかったものが何人もいる。あれにつけても、これにつけても、伊勢湾台風が残した傷痕は重く心に残っている。

日本の歴史上に残る悲惨な台風ではあったが、その後の人々の頑張りも忘れられない。鍋田干拓地、木曽岬、弥富町一帯、立田《たつた》村や早尾地区など、家の改築や農地の復興に人々は懸命に取り組み、その勢いを見ると子どもながら気持ちが良かった記憶もある。

松の木のてっぺんに鯉が打ち上げられていた富安地区辺りには、木曽三川公園を結ぶ立田大橋が架かり、安全で安心できる鉄橋と堤防に生まれ変わった。このように木曽三川流域一帯は、その後の災害対策がしっかりと施されたため、最近の台風や地震でも大きな被害を出さないようになっている。まさに「災い転じて福と成す」の例だろうか。

私はその後、同じ愛知県内ではあるが、三河地方の岡崎市に一家を構えるようになった。

しかし、あの伊勢湾台風の記憶は、今でも時折強烈な印象として脳裡に浮かぶことがある。自然災害をどこまで人間の知恵と工夫で防ぐことができるか――これは永遠の課題であろう。しかし、少なくとも今世界的な課題となっている地球温暖化防止を、市民の立場でコツコツとやりとげることはできるのではないかと考えている。

私は「岡崎市地球温暖化防止隊」のメンバーとして、地球温暖化防止活動の普及と重要性を訴える具体的な活動を企画し、実行している。地球上の様々な場所で起きているテロや紛争、環境破壊の問題などについて、われわれ一人ひとりの取り組みが「未来を背負う子どもたちを守る」ための行動につながるのではないかと、仲間たちと話し合い、少しずつ実行に結びつけていこうとしている毎日である。この活動の原点にあるのは、あの悲惨な伊勢湾台風の体験と、「真っ赤に染まった川」の印象である。

地球温暖化がこれ以上進めば、あの日の惨状がもっと大きな規模で繰り返されるかも知れない。未来の子どもたちに、あんな悲劇だけは味わってほしくないとの思いを強くする。

＊木曽三川（木曽川、長良川、揖斐川）の合流地域におもにつくられた、堤防で囲まれた集落のこと。曲輪（くるわ）、輪之内（わのうち）ともいう。

結核とともに ——高度経済成長のかげで

細井　しげみ
（愛知県）

振り返ってみた七十年は、本当に短い。

昭和三十三年、看護学校（現・看護大学）を終え、三十四年三月保健婦学院（看護大学設立とともに廃校）を卒業すると、翌四月愛知県職員保健婦（現在は「保健師」という）として採用された。ちょうど日本経済が高度成長期を迎えようとしていた頃に就職し、その後の十年あまりは、私にとっても大きく成長した時期である。

当時の保健婦業務は、訪問指導、一般健康相談、結核精密検診、乳幼児健康相談、家族計画などであった。訪問指導というのは、簡単に言えば担当地区の健康管理である。当時、結核は国民病と言われるほど多く、また未熟児の出生も多かったので訪問指導の対象は、主に結核患者と未熟児であった。

初めての訪問は治療放置の結核患者Mさんで、前任者からは問題事例の一件だと聞いていた。三十代のMさんの家族は、妻と小学校低学年の長男の三人で生活保護世帯だった。当時の交通手段は自転車で、患家のアパートに着くと暑さを忘れるほど緊張した。ドアの前で深呼吸すると線香の匂いが鼻をついた。「Mさん」と数回呼んだが返事がない。耳を澄ますと中から低い声が聞こえてくる。「お邪魔してよろしいですか」と言って、ドアノブを回すと簡単にドアが開いた。線香の煙でむせそうになった。仏壇の前でMさん夫婦がお経をあげていた。

「こんにちは、保健所の石川です」とMさん夫婦の背に挨拶をし、しばらく一畳ほどの土間でお経を聞いていた。押し入れの付いた六畳と一畳ほどの床に流し台があるだけで、トイレも共同のアパートだった。Mさんが私のほうを向かれた。痩《や》せて青黒い顔をしていた。「後任の保健婦さんですね」とかすれた声で言われた。妻も頭を下げてくれた。嬉しかった。追い返されるかとびくびくしていたのである。

「ご挨拶に来ました。お目にかかりたくて」

あらためて挨拶をすると額からどっと汗が流れた。「ご苦労さまです。この通り元気ですよ」Mさんが穏やかに言われた。「奥さんもお変わりありませんか」と妻に話しかけると、「変わりありません」とMさんが妻のほうを見て返事をされた。

「奥さん、胸のレントゲン写真受けませんか」と言うと、「検診は受けけん！　前の保健婦さんにも言ったはずだ」とMさんの強い言葉が返ってきた。

「肺病なんか宗教で治してみせる」とも言った。

「気力で病気を治せても感染までは……。無料ですから家族検診を受けてくださいね」。内心びくびくしながら私は一生懸命話した。「受けません」と、初めて口を開いた妻の声もガラガラしていた。「健康とわかれば安心できますよ。息子さんのためにも受けましょう」と言いながら、住所氏名を記入した無料受診券を畳の上に置いた。Mさんも妻も、それを見ようとはしなかった。その後Mさんは病院で亡くなられた。

Mさんだけが特別な事例ではなかった。戦後十数年経っていたとはいえ、貧困と病に苦しんでいる人たちが大勢いた時代である。経済的問題からくる過重労働、非衛生的な住居環境など、貧しさからくる問題の解決方法は見つからず、ただ患者さんの話を聞いているだけだった。長期療養のためだからと仕事をたびたび休むわけにもいかず、服薬も同僚に見つからないようにしなければならずで、治療を中断する者も多かった。患者さんの健康の回復と一日も早い社会復帰を願い、そして感染防止のために走り回っていた私は、たびたび空しさに襲われた。

週二回の一般健康相談日は、就職時の健康診断を受ける人たちで賑わった。就職に胸をふくらませているとき、突然「結核です」と宣告された時のショックは、はかり知れない。

五年前胃ガンを宣告された時の私のように、頭の中が真っ白になったであろう。中には結核と聞いて怒り出す人もいた。

昭和三十六年に患者管理制度が改正され、「命令入所制度」が制定された。聞こえは良くないが、この制度が強化されると、入院を勧めやすくなった。ところが今度は病室の空きがなく、入院したくてもすぐには入院できない状況だった。経済成長の風は患者や家族を避けて通るかのように、何も変わっていくようには見えなかった。結核に対する住民理解もなかなか得られなかった。この頃、自転車に代わって五〇CCバイクが配車され、特に夏や冬の訪問が楽になったが、保健婦の訪問を嫌う患家は多かった。

「保健所から来たことが知れると、わたしの病気が近所や職場にも知れてしまう。来んでくれ」と、五十代の治療放置のAさんもその一人だった。訪問には気を遣った。A家から離れた道端にバイクを停め、一時間足らずで戻るとバイクがない。当時は自転車も盗まれる時代だった。ずいぶん探したが見つからずあきらめかけていた時、道の下方を流れている農業用水路に逆さまになっているバイクが見えた。停めておいた場所とはかなり離れている。運よく通りかかったトラックの運転手さんが、バイクを引き揚げてくれた。幸い水が浅かったので、泥を払い、セルモーターを回すと作動した。Aさんの家族が用水路に捨てたのであろうか。この大事件を先輩たちに話したが、先輩たちもこれに似たことを経験していたらしかった。

訪問を喜んでくれた人たちもいた。家族検診で全員が異常ないとわかり、「これからは検診受けます。痰《たん》の消毒もちゃんとやります」と言ってくれた人。念願だった入院ができたといって手を合わせて喜んでくれた元軍人などは、その一例であった。

私生活でもいろいろあった。昭和三十九年春、初めての結婚記念日の前日に夫が入院した。職場検診で肺結核が見つかったのである。夫が結核に罹患《りかん》して、初めて病名を隠したい患者や家族の気持ちが理解できた。幸い夫の病気は一年の入院で寛解し、今では懐かしい思い出になっている。入院中の夫が「薬を一日三回に分服せず、一回でのんだほうが血中濃度が高まっていいのでは？　のみ忘れも少なくなるし」と主治医に聞いたことがあり、笑われた（現在は長期療養から短期の強化療法に変わり、原則として薬の投与が一日一回に法改正されたとも聞いている）。昭和四十一年と四十五年に娘が誕生した。四十六年には建売り住宅から新築した家に移った。空き巣に入られ、衣類を盗まれたこともある。

その後も結核医療の進歩や感染防止対策などによって、罹患率や死亡率が低下してきた。昭和三十四年の死因順位七位が、四十七年には一〇位に下がり、五十二年には一〇位以内から消えた。一方、新たな問題として抗結核剤の耐性菌感染や外国人の健診問題などが出てきた。結核に対する保健婦の訪問活動は、ますます期待される。

結核以外の思い出も多い。昭和三十九年の東京オリンピック閉会後、健康・体力づくりのムードが国民に高まった。保健所では、昭和四十五年頃から日常生活の中での栄養・運動・休養の取り方について指導を行うようになった。五十年代から主婦の健康づくりも始まった。飽食の時代になり、過食による肥満という新しい問題が生じ、肥満児教室を開き生活習慣病予備軍の生活指導にあたった。また、精神障害者によるライシャワー駐日大使の傷害事件がきっかけとなって、昭和四十年には精神衛生法が大改正された。四十年代後半から訪問による障害者の社会復帰への援助が始まり、模索しながら患者会や家族会の育成にも取り組んだ。

平成八年三月、私は定年一年前に退職した。二人の娘も嫁ぎ、夫と二人の生活に戻った。真っ黒になって訪問指導に走り回ったこと、初めてバイクに乗った時の誇らしげな気持ち、でこぼこ道で転倒し、痛みよりもバイクの傷を心配したこと等々……思い出が頭の中を飛び交う。

私の歩んできた七十年の道程には、日本経済が成長していく中で、結核とともに歩んできた足跡が、くっきりと残されている。

ある夏の日に ——飛騨川バス転落事故の記憶

谷澤　りつ子（愛知県）

昭和三十六年の春、名古屋市名東区引山に我が家を建てて引っ越しをした。子どもも小学校に入り、つき合いの中で学区のママさんバレーのあることを知る。スポーツ好きの私はボールを見ると胸がはやる。遠い学生の頃にバレーボールの練習で真っ黒になって、夕方暗くなるまで練習をしていたあの日がよみがえる。

そんな時ＰＴＡの役員がふらりと私の家まで来て、「チームに入ってもらえないかしら」と誘われた。「やっぱり、自信ないわ」とお断りする。それから二度、三度と誘われ、それではと見学に行ってみた。校庭にはお母さんたちが楽しそうに白いボールを追っていた。声もはつらつとしていて、身体の動きがハッとするほど若々しい。ひとりのお母さんが「入ってボールを受けてみたら」と言ってくれた。ワクワクする気持を抑えてコートに入った。思ったより身体も動く。手で受けてみるとまあまあ様《さま》になる。輪に入ると虜《とりこ》になってしまった。

ママさんチームは六人制でアタック、ブロックはない。「名古屋式バレー」という地域ルールで、一セットどちらかが八点を取ると二人が交代をする。そして四回で相手のコートに返さなくてはならない。八点を取ると二人が交代するルール上、補欠を入れて八人のメンバーをいつも確保しておかなければならない。

チームに入ってみたのはいいいが、休むわけにはいかなかった。好きだったことと責任感みたいなことで、いそいそと練習に出る羽目になった。毎週二回は練習があり、午後二時頃から集まった。コートは校舎の裏側で石ころもある校庭だった。ネット張りに悪戦苦闘する。まず、雨どいに一方のネットの紐を工面して結わえる。もう一方は重い用具を運んできて、それにくくり付けることにした。地面に石灰でコートの寸法を計り、やっと準備を終える。次にトスの練習に入る。

子どもたちは、友達の家にまとめて預け、お互いに面倒を見合った。バレーの友達はある意味、地区の女性代表でもある。秋の運動会、ソフトボール大会にも同じ顔ぶれが揃った。

あの時代は、野外練習が多く、名古屋市の大会も吹上公園の広場で行った。コートの周りに植えたばかりの芝生があり、芝生に入って叱られたことが忘れられない。香流《かなれ》小学校チームも、子どもが卒業するとチームにはいられないので隣学区の自由が丘チームと同好会を作った。DKCと名前をつけた。由来は定かではないが、「どうにもならない（D）かあちゃん（K）クラブ（C）」と誰かが言った。

次第に他の地区からもメンバーが加わり、強いチームになっていった。仲間はいっしょにいるとユニホームの着替えなど、文字通りはだかのつきあいが増える。「背中にホクロがあるよ」なんて笑ったり、「盲腸の手術の跡があるよ」なんて言いあってよく笑った。

思いっきり汗を流したあとに冷たいお茶を飲むあのおいしさ。誰かが作った鬼マンジュウのおいしかったこと。みんなで分けあった楽しさが、忘れられない思い出となっている。あの若かった三十代、よく頑張ったものだと思う。主婦業も手を抜くことなく、一生懸命やり、犬も猫も飼った。家を空ける時、雨が降ると思えば犬、猫を家の中に入れて出た。練習が終わると化粧も直さず飛んで帰り、玄関を開けると先を争って転がり出てくる。その可愛さに幸せを感じて頑張れた。友達は私のことを「犬なんかに心を奪われて」と笑ったけれど、忙しい中に充実した毎日を送ってきたと思っている。

昭和四十三年、区別のバレー大会が八月二十日にあり、皆はりきって練習をしていた。そんな折り、引山住宅と谷口住宅という二つの団地が、合同で乗鞍への旅行へ行くことになった。確か八月十七～十八日だったと思う。十七日の夜に出発し、乗鞍で朝日を拝むということになっていたらしい。

チームメートの伊藤さん、西川さんもこの旅行に参加することになっていたらしい。その日は夕方から天気が悪くなってきた。北側の窓を見ると黒い雲と稲光が見えた。（どこか北の方では雨が降っているようだ）とぼんやり空を見ていた。

次の朝早く電話が鳴った。日曜日だったと思う。電話に出るとチームメートが、「谷澤さん、飛騨川の事故は引山の人たちだよ。早く様子を見に行って。伊藤さん、西川さんが旅行に行ったか、行ってないか調べてきて」と言う。

何があったのかわからず、引山住宅まで行くと、もう人だかりで近づくこともできなかった。近くの人に「伊藤さんは、西川さんは」と聞くと、「何言っているのよ、ご主人が泣き叫んでるよ」と言った。立ちつくすしかなかった。だめだった……。

後日談ではあるが、西川さんは何人かに旅行を止められていたらしい。出発の前に市場で役員の人が西川さんと会い、「試合の前だし、天気だって悪い。あなた厄年でしょ。やめたら」と言ったという。西川さんは、内緒の旅行がばれたうえに悪いことまで言われて機嫌を悪くしたらしい。またＰＴＡの役員の人が、「いつもは泣かないおたくの一年生、幼稚園の子が泣くからやめたら」と言うと、西川さんは「そうね、天気も悪いし今度にするわ」と言ったそうだ。安心して別れたのに、と泣いていた。

1968年の夏、バレー大会で優勝を果たす

その後、誰かの話では、ご主人が「子どもは俺がみるからお前だけ行って来い」と言ったので、西川さんは動き始めたバスに飛び乗ったという。ご主人の優しさ、思いやりだったのに……。

その夏の試合、友の写真を胸に入れて出場した。次々と勝ち進み、ついに私たちは優勝してしまった。あの二人もさぞ参加したかっただろうに、と心が痛んだ。

中日新聞が、この試合を写真入りで記事にして、事故の恐ろしさを伝えている。

飛騨川では、次々被害者の遺体があがるのに伊藤さん、西川さんはなかなか発見されなかった。私と友達三人は、毎日弁当持参で探しに行った。楽しいはずの旅行だったのに、と現場を見ると小さな沢があった。恐ろしい鉄砲水になるようには見えなかった。西川さんは一週間ぐらいで見つかり、友達が化粧をしてやった。私は恐くて何もできなかった。化粧はすぐに崩れ、何回も直してあげていた。その時の顔がいつまでも浮かんで眠れなかったと、友達はよく言っていた。伊藤さんは幾日も見つからず、皆が心配していた時、海に近い所で見つけられた。近くの人たちが、きれいな浴衣を着せてくれていた。

西日の差す暑い午後、悲しみと哀れさに包まれた葬儀があった。

夏も去り、風も心地よくなって友との別れが落ち着いた頃には、飛騨川事故で現地の人に大変お世話になったことが話題になった。ちょうどそのころ飛騨川のバレー部の人たちから、「お手合わせをしてください」と誘われた。私たちもお礼を言いたいと話し合い、快くお受けした。事故現場近くの学校へ行った。体育館は犠牲者を安置した所だと聞き、皆さんのご苦労を知った。

スポーツとは、悲しい時でも、初めてお会いした人とでも、一つになれる。言葉はなくてもわかち合える素晴らしいものだと思った。親切なもてなしを受けて、お別れを惜しんで帰途についた。

波の花

富田　稲生
（愛知県）

低く垂れこめた鉛色の雲の隙間《すきま》から、時々、弱々しい太陽が顔を出した。黒っぽい青色の海には波頭が猛々《たけだけ》しくうねり、白い爪を逆立てた波は岸壁をひっかくように押し寄せた。

「やっぱり、外海《そとうみ》の波って、すごい迫力だわねえ」

「本当だな。この外浦《そとうら》と比べたら、俺たちの内浦《うちうら》の海は穏やかで池みたいなもんだな」

目を丸くしている妻の視線を追いながら、私は相槌をうった。

輪島《わじま》は能登半島の西北端にあって、日本海に面した小都市である。この半島の西北海を外浦と呼ぶのにたいして、七尾《なな お》湾がある東の海域を内浦と言っている。

集落こそ違っているが内浦の沿岸に生まれ育った私と妻は、昭和三十九年の十一月初めから翌年の三月終わりまでこの外浦の輪島で過ごした。雪まじりの横風が吹きつける厳寒期だったが、新婚の時期を送った私たちには忘れがたい任地となった。輪島に着任するひと月ほど前の十月十日に、東京でオリンピックが開催された年である。

輪島塗りの漆器を売る店が軒を連ねるメインストリートは、海辺から近いところにある。その通りには、午前中だけ朝市が催される。漁師のおかみさんや農家のおばさんたちが、自分の家で加工したり栽培したりしたものを並べて売っている。

近くには、中州で盆踊りが行われる大きな川がある。その川を渡り西へ二〇〇メートルほど歩くと、夕市が開かれる神社があった。なかば観光化された華やかな朝市に比べて、近所の人たちが夕餉《ゆうげ》の惣菜を求めて集まる夕市は、生活の匂いが色濃く漂っていた。

朝市と夕市の中間に私が所長を務める営業所があり、その二階が私たちの住まいだった。元は旅館だったそうで二階に日本間が五部屋もある。一階は事務所になっていた。

私が勤める会社の親会社は大手の自動車部品メーカーで、自動車部品のほかにミシンや編み機、家庭用ポンプなどを作っていた。私がいた会社は、それらの家庭用機器を消費者に直接販売する子会社だった。

私は輪島に赴任する九カ月前、そこから南におよそ六〇キロ離れた七尾営業所にセールスマンとして採用された。家庭や職場を訪問して一口五〇〇〇円の掛け金を毎月積み立ててから商品を受け取る、前払い式の予約契約を結ぶのが仕事である。

当時、ミシンや編み機はお嫁入り道具に欠かせないものだった。大卒の初任給が二万円の大台に乗ったか乗らないかの頃である。一台四、五万円もしたミシンを手に入れるには、一定期間、頭金を積み立ててから購入し、残金も分割で支払うという方法が楽だった。

東京オリンピックの波及効果で鉄鋼、建設業を中心に好景気の波に乗り始めた。労働者の収入もまずまずの良さだったので、ミシンや編み機の需要はなかなか旺盛だった。

それだけに、売り手の競争も激しい。私の勤め先の会社は、業界の動向になっていた直接販売においては後発組だった。それまで代理店を通しての卸販売に依存していたようだ。

折りも折、自動車の輸入自由化を目前に控えていた。親会社の自動車グループは体質強化に取り組む必要に迫られた。関税が撤廃されると、アメリカあたりから低価格で性能のよい乗用車が続々と流れ込む。国産車は太刀打ちできないのでは……、と戦々恐々としていたからだ。

強化策の一環として、親会社も家庭用機器の販売の見直しに取りかかった。時代に合わなくなった代理店への卸売りを止め、直接販売に切りかえた。改革が本格的に始まったのは、私が入る一年ぐらい前だったらしい。

中部に二つある販売子会社を一つに統合し、同じ地域で重複する店舗は一つ減らした。能登半島は営業所が皆無に等しく、販売網の充実をはかる重点地区に指定された。私のような勤務年数の少ない、というより入りたての〝ひよっこ〟を販売拠点の責任者に据えたのは、短期間にいくつも開業する店舗の数に比べ、人材が底をついていたからに違いない。

三カ月の研修が済んでひと月たったその年の六月、私は初めて営業所の開設を任された。入社早々の身に無茶な話だと思ったが、後半生を切り拓くチャンスかもしれないと考えた。私は高校を卒業してから十年間、父の会社の倒産で生活苦に陥った家族を養うために魚の行商を皮切りに、化粧品、家電製品の販売と、常に販売という職種に携わった。さまざまな人々と接して人情の機微も解せるようになり、セールスに関して密かな矜恃《きょうじ》を持っていた。それまでに培った販売知識を生かして、どこにも負けない店舗にしようと頭を絞った。

販売員の募集や教育など、私は新規開店に奔走した。張り切りすぎてバイクに乗って交通事故を起こし、意識不明になって救急車のお世話になった。そのアクシデントが縁で、妻と結婚することになるのだから運命とは不思議なものだ。

妻は、私が最初に手がけた輪島と七尾の中ほどにある穴水《あなみず》営業所の、編み物教師を兼務する事務員だった。怪我をして入院した私を看病しているうちに、情が移ってかわいそうになり私と結婚する羽目になった、と強がっているが。

社内恋愛には違いないが、上司である所長の私が部下の女性社員に手をつけたと言われても仕方がない。案の定、昔気質《かたぎ》の妻の父親は烈火のごとく怒った。あげくのはて「たぶらかした所長も悪いが、だまされたうちの娘も悪い。世間に顔向けができん。わしらの目の届かない、遠いところへ行ってくれ」と私と妻を〝ところ払いの刑〟に処した。

輪島に来たのは、その刑罰に服したからではない。妻の親戚の人たちが協力してくれたこともあって、私が初めて指揮を執《と》った穴水は五カ月間で順調に軌道に乗った。その余勢を駆って、「輪島を再建してくれ」と名古屋にある本社から命じられたのだ。

本社から出張してくる地区長は、冬の能登半島をとても気に入っていた。私より五、六歳上のその地区長とは妙に馬が合った。輪島は当時の国鉄七尾線の終着駅なので、いつも泊まりがけでやって来た。営業所の建物は元が旅館だから部屋が余っている。宿泊先を探す心配もない。夕市で買ってきたナマコの酢の物やタラの子つけを肴《さかな》にして、二人で地酒の「宗玄《そうげん》」を心ゆくまで味わったものだ。

「輪島を立て直した勢いで、九州へ行ってやらないか。君だったら社長も喜ぶと思うよ」

私たちの結婚の経緯を知った地区長から、私は九州販売への転出を勧められた。岳父のほとぼりが冷めるまで、新天地で勤務するのも悪くない。「遠くへ行け」という彼の意に添うことにもなる、と思った。親会社の要請で、直営網のない九州で社長が新しい販売会社を興すという地区長の話に、内心魅力も感じていた。

相変わらず乱暴な波は、テトラポットに激しく当たり、潮煙を上げ砕け散っている。その傍らから、もくもくと波の花が湧き上がっていく。逆巻く波の攻撃にさらされながらも、白い波の花が生まれていく風景は、私にほのかな希望を与えてくれた。

雪が降りしきる暗雲に覆われた時節であっても、辛抱強く耐え忍べば、いつか波の花のように泡みたいな花でも咲かすことができるかもしれない。気ままに暴れている白い爪を立てた波を眺めながら、私は九州の地に思いを馳せていた。

ジョン・F・ケネディの死

田中　壽一
（愛知県）

戦後の日本は数多くの技術革新をなし遂げ、新しい製品や素材を世の中に送り出した。それらの中で最も輝かしい製品の一つにナイロンがある。アメリカ、デュポン社の技術者カローザス博士が発明し、「蜘蛛の糸よりも細く、鋼鉄よりも強い」という宣伝文句は世界を席巻した。日本でもT社の研究者が独自に開発をしたものの、商品化に際し結局デュポン社の特許を導入することとなる。綿糸や生糸は主役の座を降りる。

ナイロンは、ややオーバーに表現すると日本女性の生活を変えた。それまで日本の主婦の大きな仕事の一つは、靴下の穴かがり、亭主や子どもの作業服、学生服のつくろいであったと言っていい。ナイロンの発明は、その苦役から日本の女性を解放したのであった。「戦後強くなったものは女性と靴下」という言葉が流行したのもその頃であった。ナイロンは女性の地位の向上にも一役買ったと見なされたのである。

当然のことながらナイロンは売れに売れ、財閥系傍流の地味な製造メーカーであったT

社は一躍日本の花形企業となる。

私がそのT社に入ったのは一九六〇年であった。その時ナイロンはすでに伝説的存在となっていた。日本中から注文が殺到し、売るというよりは割り当てる。本社の所在地をもじって「室町通産省」と呼ばれることすらあったと言う。

一九六〇年、安保反対闘争は日本の世情を騒然とさせていたが、会社の前途に一点の曇りもなく、新入社員の目にあるのは洋々たる希望以外何物でもなかった。日本中の企業が明るい未来を目指してうなりを発していた。日本人が目指すべき理想のビジネス社会として、我々はアメリカを見ていた。そこには自由と夢があった。創造と成功があった。そしてその私たちの視線の先に、ようやく日本でも知られるようになった一人の男がいた。

ジョン・F・ケネディ上院議員。

『タイム』『ニューズウィーク』あるいは日本の雑誌を飾るその男のなんと輝いていたことか。日本の政治家のシミの浮き出たくたびれた表情と、何を言ってるのか意味不明の言葉にうんざりした日本の青年は、海の向こうの男に自分の夢を見いだしたと思った。

微笑のさわやかさ、アメリカや世界の明日を語る言葉の力強さ、国民に犠牲と奉仕を求める率直さ、それらは戦後日本人が抱いてきたアメリカの明るさ、公正さ、正義を一〇〇パーセント象徴する姿であった。

その彼がアメリカの第三十五代大統領になったのは、その一九六〇年であった。四十三歳、史上最年少。

私も当然彼に魅了された。それは新入社員として私の最も輝いていた時期でもあった。力いっぱい働き、会社に貢献することが社会に貢献することだと信じて疑わなかった。私だけではなかった。製鉄会社に就職した友達は書いてきた。

「溶鉱炉から迸《ほとばし》る真っ赤に焼けた鉄を見る時、作る喜びが全身からあふれ出る」

我々はケネディに世界の明日を見ていた。

後で知るのだが、意外なことに、アメリカ人には極端に彼に厳しい評価をする人が多い。その多くは「彼は理想家ではあったが現実をしっかり見すえることができなかった」と言う。日本人とアメリカ人は違う。彼らがどう言おうと我々はケネディが好きなのであった。このことは誇っていいことかも知れない。日本人が政治家に描く夢は理想主義者であり、アメリカ人は冷徹な現実主義者を求めるのかも知れない。

ニュースは突然とび込んできた。

一九六三年、社会人になってまる三年、仕事にも慣れて多少の余裕もできた半面、仕事への情熱を少しずつ失いつつあった私とその仲間たちの最大の楽しみは、仲間同士、あるいは取引先を交えてのマージャンであった。

秋も深まった頃、いつものように金曜日の夜、勤務先近くのジャン荘で始めたマージャンが、これまためずらしいことではなく徹夜となり、翌土曜日の朝「どうせ今日は半ドン」だと思いながら、ぼんやりした頭で仮眠所から中之島の職場に向かう私の前に一枚の号外があった。

〝ケネディ米大統領暗殺さる！　ダラス発……〟

睡眠不足の頭にも衝撃は大きかった。ケネディが死んだという事実もさることながら、その歴史的瞬間に地球の反対側で私は何をしていたのか。同じ人間がただひたすら理想を追い求め、その理想のために凶弾に斃《たお》れたその時、私は小銭を賭けたマージャンにうつつを抜かしていたのである。情けない、恥ずかしい、私の心は地の底までも落ち込んでいく気分であった。しかし、そんな私の気持ちはとるに足らないことであった。

もっと大事なことは、国としてのアメリカの理想が、ケネディの突然の死とともに消え去ってしまったという事実であった。彼の非業の死のおかげで大統領に昇格した陰気な男に始まって、その後継者たちはアメリカを正義と理想を追い求める国から、尊大と暴力を世界中に振りまく大国としてしまった。

ジョン・F・ケネディに人類の明日を夢見た世代も老いてしまった。

会社の発展にこそ日本の将来がある、と信じて、ただ夢中で働いてきた我々も老いた。自分たちの企業の利益しか考えない生産活動が、地球温暖化その他諸悪の根源であると指摘され、白く伸びた自分たちの眉をひそめる。

「思えばいい時代だった」。ケネディの早過ぎた死を、ちょっぴり羨《うらや》ましくさえ思うのである。

マイカー時代の陰で消えた命

新木　貴久江（群馬県）

五十年前の交通手段は電車、バスが主流であった。自転車もあったが数は少なく、どこへ行くにも歩いた。しかし今、私が住む地方都市では、一人が一台の自動車を運転するようになり、夢のようなマイカー時代が実現した。当然のことながら交通事故が増えた。

我が娘千晴の命は、このなかで消えてしまった。交通事故に巻き込まれたのは昭和四十七年だった。この年に全国で起きた交通事故は六十五万件で死者は一万五九一八人。近年の平成十六年では、事故が九十五万件で死者は七〇八四人であった。事故件数は増えているのに死者が少なくなっている。シートベルトやエアバッグの普及が死亡事故を減らしているのだ。

私の結婚は昭和四十五年で、夫は六人兄弟の長男。両親、義弟妹とも同居だった。大人ばかり八人家族のなかに生まれた千晴は、家中の誰からも愛された。一歳のお正月に着物を着て長靴を履いて歩いている写真は、今や貴重な一枚になってしまった。

昭和四十七年の夏、夫は自慢の車に千晴を乗せて外出した。私は二人目の子どもの妊娠がわかり、気分が悪かったので家で横になっていた。家からそんなに遠くないところでパトカーと救急車の音が騒々しく聞こえた。なにかあったのか。その時、近所の人があわてて飛び込んで来て、

「事故はお宅のご主人とチイちゃんだって、鶴谷病院に運ばれたよ」

と言った。私は驚いて病院に駆けつけたが、夫はもう手術室に入れられていて会えなかった。怪我は大腿部骨折ということだった。

千晴は外傷もなくベッドに寝かされていた。

「チイちゃん、こわかったでしょう。どこか痛くない？　もう大丈夫よ」

と、全身で抱きしめた。

警察の話では、夫の車に反対車線の車がセンターラインを越えて正面衝突してきたということだった。

千晴が外に放り出されて即死しなかったのは、ベビーチェアに座らせシートベルトをしていたからだった。しかし、そのシートベルトが後に重大な後遺症を引き起こす原因になっていた。

何の怪我もなかった千晴の熱が下がらないので、医師に再度の診察を頼んだ。その時、

医師は眉根を寄せた。しかし、私たちに病名は告げなかった。

夫のベッドと千晴のベッドの間に、私の補助ベッドを置いた。しかし、熱が高くてぐずる千晴の世話と身動きできない夫の世話に忙しく、私はそこに身を横たえることはできなかった。身重の私にとって、それは過酷な看病の日々であった。

入院していた病院は、私鉄の踏み切りに隣接していた。疲れがピークに達すると千晴を背負って、私の足は踏み切り近くまで引き寄せられた。また、眠れなかった朝方、千晴を背負って病院の屋上で白んでくる東の空を見た。その暁は希望に満ちたものではなく、疲れをため込んでいるのに活動の一日が始まってしまうという絶望のように見えた。

そんな過酷な日々のなかでも、二番目の子どもはお腹の中で順調に育っていった。

夫が一人でトイレに行けるようになり、千晴が平熱を取り戻した時、医師は私たちに、「娘さんの病名は脊髄損傷です。今後、立つことも歩くこともできません」と告げた。

「ええっ！　嘘でしょう。この子はまだ一歳なんです。残された一生を、歩くことができないなんて、そんなことがあるはずはありません」

私はトイレにかけ込み、子どものように大声をあげて泣いた。

夫と私は、医師の言葉を信じることができなかった。だが、夫はまだ入院中であったし、私は日に日に大きくなるお腹を抱えて、千晴を抱き上げることすらできない状態だった。

あせる心を抑えながら夫が退院できる日を待った。夫は松葉杖で歩けるようになったが、千晴は下半身麻痺のまま退院した。

間もなく生まれた次女を義父母に頼んで、夫と私は千晴の治療に専念した。「溺れるものは藁《わら》をもつかむ」の諺《ことわざ》どおり、どんな小さな情報も聞き漏らさないように一生懸命だった。

脊髄損傷の治療で名高い東京大森の東邦病院で診察を受けた。電気針による良導絡治療や民間療法など、二十カ所もの診察を受け続けるなかで、私たち二人にも脊髄損傷は完治しないことがわかってきた。今度は千晴の残存機能の強化が目標になった。前橋の児童相談所を通して群馬整肢療護園の訓練に通い始めた。そこは自宅から三二キロも離れたところにあった。

交通事故に遭って、二度と自動車に乗りたくないと思っていたのに、今まで以上に自動車が必要な生活になってしまっていた。

この施設には二年間通い続け、千晴が五歳の時、自立訓練のために入園させなければならなくなった。手放したくない私は、千晴と泣きの涙で別れたが、理由がわからない千晴は、「行って来ます」と、素直に入園した。当座は辛い日々だったろうが、やがて園生活にも慣れ、同じように障害のある仲間と遊びや勉強、スポーツを楽しむようになっていった。特にオセロゲームが好きで強かった。

訓練の成果はめきめき現われて、「生涯歩くことはできません」と医師に言われていたのに、八歳になった時、千晴は補装具と松葉杖で歩くことができるようになった。これはスイングという歩き方で、腕の力だけで体重と補装具を持ち上げる方法だった。千晴が毎日の訓練（プッシュ・アップ）で腕の力をつけていったからこそ勝ち得た歩行姿だった。この努力は園で大きく評価され、表彰を受けた。

順調な園生活を続けながら、千晴は中学生になった。先輩を見習ってか、家族にも大人びた態度で接するようになっていった。

中一の夏、千晴が怪我をしたという園からの知らせで、すぐにとんで行った。千晴は大きな傷もなくベッドに寝ていた。幾日か経つと、医師は大学病院への入院を勧めた。大学病院の医師は、怪我が原因で再生不良性貧血を併発し、千晴の体内で血液を作ることができなくなったと言った。

園や学校に輸血の依頼をし、多くの方々の献血を受けた。本当にありがたかった。だが、万全な対処にもかかわらず病状は悪化していき、重症患者用のＩＣＵ室に入れられてしまった。入院三日目の明け方、夫と私はＩＣＵ室に呼び出された。若い医者が千晴の上に馬乗りになって心臓マッサージをしていた。それは激しいもので、千晴の胸の皮膚が破れて血が出るほどだった。

（駄目、やめて！　そんなことをしたら死んじゃうじゃないの）

と、混乱した私の心は叫び続けていた。それは死の直前のことだった。

「七月一日四時十一分、臨終です」

医師の言葉は事務的だった。そして、その言葉が何を意味するか私が理解するのに少し時間がかかった。

「うぁー、だめよ、死んじゃうなんて。うぉー、千晴、ごめんね。苦しかったでしょう。千晴、千晴、ごめんね。ごめんね」

夫と私は千晴に謝る言葉しかなかった。

千晴は健常に生まれ、一歳の交通事故で下半身麻痺になり、苦しみのなか、十二歳で逝ってしまった。

「私をこんな体にしたのは誰？」

と、問うことはまったくなかった。誰一人恨むことなく、責めることなく逝ってしまった。

訓練続きで、手を抜くことができなかった娘の人生が終わった。

ゆっくり休んでほしいと願うばかりであった。

長良川水害——孤立した三千人の乗客

小川　昇
（愛知県）

昭和五十一年九月十二日、この日は、私の長い国鉄生活の中で、決して忘れることのできない日である。

いつもは七時に車で勤務先の新幹線の岐阜羽島駅へ向かう。八時三〇分に駅に着き、九時の始業点呼後、前任者と引継ぎ交替。お茶を一杯飲み、さあ、これから明朝九時までの一昼夜勤務に就く。

しかし、ここ二、三日は、台風十七号の接近でダイヤが乱れている。大雨で通勤途上や駅での異常な事態を想定して三〇分早く、六時三〇分に家を出る。

一宮、尾西《びさい》と過ぎ、雨は激しくなる。道路上は五センチほどの冠水。フロントガラスを叩く猛烈な雨で前方が見にくい。ソロリ、ソロリと注意しながら運転を続ける。

木曽川の濃尾大橋を渡ると、田んぼが広がる羽島市は一面水、水、水。まるで海のようだ。

道路上は五〇センチほど冠水し、道路と田んぼの境をよく確かめながら、ゆっくり運転するが、しばらくしてブレーキに水が入り、フットブレーキがきかない。

もはやこれまでと車をあきらめ、道路沿いの民家の庭に車を置かせてもらう。

さあ、駅まであと一キロ。靴を脱ぎ、ズボンの裾《すそ》をまくり上げ、冠水した道を素足で注意しながら歩く。三〇分もかかって、無事、駅に着く。

すぐ下りホーム担当の責任者として、案内係と二人で列車扱いの仕事に就く。

台風十七号と前線の影響で、木曽・長良・揖斐《いび》の三川の上流部は、長時間にわたるものすごい集中豪雨で、五日間にこの地方の半年分の雨を降らせた。たちまち水位は大幅に上昇し、特に長良川は高い堤防上から手が届くほどに増水した。もう、誰もが堤防が切れると思った。

しばらくすると、大きな荷物を持った町の人々が続々と駅に集まってきた。たちまちコンコースは人と荷物でいっぱいになる。この人たちは長良川決壊を怖れて、いざという時には高架のホームに逃れるため駅に避難してきたのだった。

岐阜羽島駅は、東（名古屋方面）へ三キロに木曽川が、西（大阪方面）へ一キロに長良川がある。その両川に挟まれた幅四キロの地が羽島市で、小高い丘一つない海抜ゼロメートル地帯。どこまでも田んぼが続く田園都市である。もし堤防が決壊して羽島市に水が流れ込めば被害甚大である。

しばらくして、けたたましいサイレンや半鐘が鳴り響く。堤防上のパトカー、消防士の怒鳴るような放送。音、音、音。

駅に避難していた人たちは一時騒然となった。四、五分も過ぎた頃、

「長良川の向こうの堤防が切れたぞー……」

切れた箇所は右岸の安八《あんぱち》町大森地区で、新幹線鉄橋の少し下流であった。

決壊箇所はものすごい濁流が渦巻き、まるで猛り狂った悪魔のように牙をむいて、一気に対岸の安八町に襲いかかり、町全体を泥海と化した。安八町の床上浸水だけでも三六〇〇戸とのことであった。

時は、昭和五十一年九月十二日午前一〇時二八分であった。

さて、岐阜羽島駅では、下り列車を駅に停めて関係職員の巡回点検に入っていた。

当駅の線路は上下島ホームで、二線ずつの四線と、その真ん中にホームのない通過線（新幹線ひかり等）上下各一線の計六線。下りでの三線はすべて列車が停車中で、約三〇〇〇人の乗客が足止めである。

安八町地内にある新幹線の変電所は屋根まで濁流が押し寄せ、たちまち送電ストップ。停電で冷房が止まり、窓も開かず、車内は蒸し風呂状態となる。たまらず三〇〇〇人余り

の乗客は、ホームに出て新聞紙を敷いて座り込む。

ホームの電話は長い列。キヨスク、その他駅の売店など、食べ物はたちまちすべて売り切れ。昼食を食べられない多くの人たちはイライラしている。駅前から五〇センチほど冠水し、外から弁当や食べ物の搬入ができない。旅行を中止して、車で岐阜、一宮へ出て他の路線で行くこともできない。まさに「陸の孤島」である。

いつ動くか予想のつかない列車の前で、空腹を我慢しながら、蒸し暑いホームで新聞紙の上に座り込み、ただ辛抱強く待つほかに手はない。

私と旅客係の二人は、このような極限状況の中で、お客様への情報案内放送、個々人へのさまざまな対応に奔走した。「トイレを貸して」「赤ちゃんのミルクのお湯をください」「おむつを替えさせて」「どうしても今日中に大阪へ行かんならん。何とかならんか」……等々に大わらわ。まるで蜂の巣をつついたような大騒動が続いた。

さらに部内における、駅区、列車指令、上部機関、関係機関などの連絡、通報、打ち合わせ、報告、受令にと、てんてこまい。

とくに一番困ったのは、午前一一時から停まったままの列車のお客様で、昼食が食べられない人も多い。食べる物は何もない。

三時、四時、五時……。暑さと疲労と空腹と、いつ動くか知れない新幹線。ホームで新間紙に腰を下ろし、みんなグッタリ。イライラは増し怒りっぽくなり、やり場のない気持ちが我々職員に向けられる。

「近くの名神高速道路の車を止めて、ヘリコプターで運べ」

「自衛隊の出動を要請せよ」等々。

夕方になり、空腹もがまんの声も限界を越え、不測の事態が起きることを一番心配した。やがて、関係機関の手配で、列車が停まっている下り線レールを使って、モーターカーが名古屋から三千食の弁当を積んで、岐阜羽島駅に着いた。夕方六時頃で、暑さも少し和らぎ、ホームのお客様は停電で冷房も照明もない車内に戻っていた。

早速、モーターカーに同乗してきた鉄道公安職員とともに、お客様に弁当とお茶を届ける。お客様は空腹を満たし、やがて、あきらめの境地へと変わっていった。

その間、工事関係者は安八変電所をカットし、両端変電所をつなぎ送電する。さらに、濁流が渦巻いた安八側の橋脚の傷みはないかを点検し、「異常なし」。

やっと新幹線列車指令から受令。

「二二時、下り線現場最徐行で運転開始」

順次、停車中の列車を発車させる。

最後の列車を見送る。

「客扱いオーライ」「信号よし」「発車」

私の前を列車が通りすぎていく。

「後部オーライ」指差し大声唱呼。

真っ赤な尾灯（後部標識）がやけに目に沁《し》みる。だんだん遠ざかり、小さく小さくなっていく。新幹線の大きなホームに私一人を残して……。

列車を見送ってホーム事務室に戻る。

一一時から二一時まで、実に一〇時間新幹線が停まり、極限状態で対応に追われ、朝六時の朝食後、何も食べていない。

最後の列車を見送って、転げ込むように事務所の椅子に座り込む。極度の緊張と疲労がどっと襲う。しばらくして我に返り、一気にお茶を飲む。その一杯のお茶が私の「命の泉」。元気が徐々に戻ってきた。

ほろ苦くもまた、なつかしく思いだされる今日この頃である。

登校拒否　――二カ月半だけの一年生

波留　麗
（愛知県）

昭和五十二年、私は新卒の教師として名古屋市立T小学校に赴任した。この頃、特別な理由がないのに学校に行けない（行かない）子どもたち、いわゆる「登校拒否」（九〇年代から「不登校」という言葉にかわる）が社会的な問題になり始めていた。私が教壇に立つ一年前には、戸塚ヨットスクールが開校された。戸塚ヨットスクールは、のちにその行きすぎた指導により死亡事故を引き起こし、戸塚宏校長は実刑判決を受けるのだが、当時は、登校拒否、家庭内暴力、非行などの問題を抱えた子どもたちを対象にしたスパルタ式ヨット訓練で、マスコミの注目を集めるようになっていた。

赴任して二年目、私は一年一組の担任になった。四十五名の子どもたちの顔は、希望に満ち満ち、眩《まぶ》しいほどに輝いていた。その中に色白でつぶらな瞳のK子の姿があった。

一年生の初めの頃は、教師と児童は一対一の関係にある。わからないことがあると勝手に席を立ち、教師のところまで尋ねに来る子どもたちも、しばしば見受けられる。しかしそれは最初の頃だけであり、やがて授業の体裁は整っていく。ところがK子は、いつまでたっても入学当初のままであった。わからないこと、不安なことがあると、席を立って私の所まで聞きに来る。理解も早く、的確に課題を処理することができるにもかかわらず、一対一の関係から抜け出ることがなかなかできなかった。

五月の連休明け、家庭訪問が始まった。K子の家を訪れると、庭も家の中も、あまりにもきちんと整頓されていることに違和感を覚えた。K子には幼稚園に通う弟が一人いる。やんちゃ盛りの子どもがいる家庭とは思えない。おもちゃ一つ転がっていなければ、落書きなど皆無である。K子の家に入った瞬間、無機質な冷たい空気が私の皮膚に伝わった。

六月のどんよりと曇《くも》った朝、始業のチャイムが鳴っても、教室にはK子の姿はなかった。欠席の連絡もないのにどうしたのだろう、と私は胸騒ぎを覚えた。

一時間目が終わったとき、K子が校門に来ているとの連絡を受けた。K子は誰もいない校門の脇にしゃがんで泣いていた。その横にはおろおろとした母親が、青い顔をして立ちすくんでいる。学校に行きたくない、と泣き叫ぶ娘を、やっとのことで学校まで連れてきたのだという。K子の父親は警察官で、非常に厳格な人であった。そして家庭内では、絶対的な存在であった。その父親が、学校に行きたくないという娘のわがままを許す道理もなく、母親に命じて無理矢理に学校まで連れて来させたのである。

この日から、K子の登校拒否は始まった。母親は毎朝、泣き叫ぶK子を無理矢理に学校に送り届けると、すぐに家に戻っていく。ときおり母親の目には涙が浮かんでいた。母親が姿を消すと、K子はあれほど泣いていたのに、ぷつりと泣きやんでしまうのだ。母親を追って家に帰ろうとはしない。しかし教室に入ることはなかった。当時用務員さんは、学校敷地内の別棟に一家で住み込んでいた。K子は学校での一日を、用務員さんの奥さんといっしょに、用務員室で本を読んだり、絵を描いたりして過ごしていた。またニワトリ小屋を掃除したり、ウサギと遊んだりすることもあった。時には花壇に咲いている花を眺めながら、図鑑を片手に花の名前を調べている姿を見かけることもあった。

校長先生も時々K子に声をかけられていた。当時としてはまだ数少なかった女性の校長で、まるで祖母のような優しい眼差しでK子を指導されていた。校長先生や用務員さんと過ごしている時のK子は明るく活発で、放課を利用して会いに行く私にも、笑顔を浮かべて楽しそうに話をしてくれた。

そのような学校生活が数日続いたある日。

母親はいつものようにK子を学校に連れてきた。しかしこの日のK子の様子はいつもと少し違っていた。いつになく激しく泣いている。母親が帰ってからも、しばらく泣き止むことはなく、用務員室に入ってからもまだ、肩を震わせしゃくりあげていた。すると突然、K子は脇に置いてあったランドセルの蓋《ふた》を開け、入っていた教科書を床にまき散らし始めた。泣きはらした顔に不気味な笑いを浮かべ、散乱する教科書の中の一冊を手に取った。そして一頁《ページ》ずつ、ビリッ、ビリッ、と破り始めたのである。

紙の破れる音が、沈黙の部屋に響き渡る。周りの人の止める声など、まったく耳に入っていない。K子はその音に恍惚《こうこつ》となって、次々と教科書を破り捨てていく。幼児の頃に誰もが経験する紙を破る音の快感を、K子はその時感じていたのであろうか。それとも、学校の象徴である教科書を破り捨てることにより、今置かれている現実から、自分を解き放とうとしていたのであろうか。

K子はこの日を境に、再び学校に姿を見せることはなかった。教育委員会の専門家にカウンセリングを受けることになったからである。後日教育委員会から、K子の登校拒否の原因は父親の厳格さにある、という報告を受けた。K子が一年一組の児童として通学したのは、わずか二カ月半という短い期間であった。

オイルショック脱出、そして…

各務　勝彦
（愛知県）

二〇〇七年の夏は一段と暑くなった。地球の温暖化の影響だが、その上政治や経済が何とも暑苦しさを増幅させる。閣僚の不祥事と失言、消えた年金問題が絡んで、参議院選挙で自民党は惨敗。迷走した首相は政権を放り出した。行動結果の責任を取らない官僚機構の疲弊が基だから、自民党が負けたくらいでは改革に勢いはつかないだろう。社会保険庁のあのデタラメぶり、他の諸官庁も同じだ……。経済もアメリカ、中国の危うさが絡んで株安、ドルの傘の下、依然ゼロ金利政策を続けさせられる。

地球環境や人口問題に絡んで、エネルギー、食糧なども含めて、安全保障にかかわる体制変化期のゆらぎと、どこへ出口を求めるのか、方向すら見えない不安からくる動揺であるから、もっと混迷を深めるのではないだろうか……。

オイルショック時の喜びと悲しみに重なった。

オイルショックの起爆剤は、金ドル本位制の崩壊と通貨の変動制への移行であった。一九七一年のニクソンショックから二年続くドルの切り下げで、ＯＰＥＣ諸国のドル建て収入は大幅に目減りした。その反動で原油が一挙に四倍の価格高騰、七三年の第一次オイルショックである。中東戦争の戦略でもあったが、基軸通貨をベースとした金融制度のゆらぎがもたらした事件でもあった。その後も揺れは増幅、ドルの減価と原油値上がりの悪循環を繰り返し、七九年第二次オイルショックとなる。戦略的供給制限という劇薬が仕込まれ、経済戦争の様相を呈した。

「社長がお呼びだそうです。第一応接室です」

「社長？　今日は大阪のはず……。わかった」

一月のオイルショック発動から三カ月しか経っていないのに、現物が予定通り入ってこなくなっていた。工程のやりくりに追われ、抜本対策が遅れている。悩んでいた矢先だった。

（緊急にまた何事が起きたのか……）苛立ちがいっそう不安をあおる。

「カガミです。入ります」

「おお！」

勢いあまって、少々乱暴なノックとドアの開け方になった。社長の顔は厳しかった。

（うう……厳しい顔だ。……でも懐かしい）

「元気そうで何よりだ。まあ座れ」

「はい」

大阪で業績会議をしているうちにいたたまれなくなって、私のいる垂井工場へ来たと言われた。

「カガミ、とても三年は待てない。今日は期間短縮の談判にきた。遅くなっても泊まりにするから、検討してくれ」

私の勤めている会社はグラスウールを製造していた。当時はまだ資本金六億円の小さな会社であったが、作っている省エネルギー用断熱機は、一般の製造業とは比べものにならないほど大量の重油を使っていた。第一次オイルショックの際にも大幅な重油削減対策を実施して、原油価格の高騰分はなんとか吸収し、しのいできた。だが、今回は従来の延長線上では対策は尽きていた。そこで二月に「抜本対策目論見書」を提出し、研究予算をもらっていた。その計画は、重油の使用量を十分の一にする新製法への転換であった。開発期間は三年。調査と基礎試験、試作機の設計で一年、試作機での実証試験が二年目、三年目に実証試験を続けながら本機設計と製作をする計画である。

社長はその三年を待てないと言う。膝詰め談判で、これ以上短縮したら手抜きになり、実現できない、と私は確信をもって提案したものだ。技術導入でもその程度の時間は、最低限必要である。

即答を避けて、いったん部屋を出ることにした。

社長は「待っている」とだけ言った。

当時の製造方式は火炎法と呼ばれるもので、品質は良いが大量生産には適さない方法と言われていた。だが第一次オイルショックの時、対策として、生産量を五倍まで上げることで、目標をクリアしていた。だが、なおエネルギー効率は低かった。新しい方法はローター法といい、回転子を高速で回し、遠心力を利用して大量生産かつ省エネルギーになる製法である。しかし、熔けたガラスを遠心力で流出させるかご型の回転子用耐熱合金は、コマーシャルベースで入手する目途が立っていなかった。当時、自動車や発電機で、ガスタービンの高温運転の可能な回転子の研究が盛んに行われていたが、まだやっと試験段階の材料や最先端技術を、我々の装置は必要としていた。

私が部屋を出ようとした時、「親会社のガスタービン開発部門の援助を受けられるから、一年目の計画はカットしてくれ。すぐ実証試験機の設計に入ることで検討してくれないか」と、社長は言っていた。

これまでの調べで知ったことは、新材料を見つけ出すことは一年や二年では不可能だということであった。既に実用段階の材料を使いこなす決心をすべきだということである。

そう決心すれば、少なくとも一年の期間短縮は可能だろうということに気がついた。

午後六時を過ぎていたが、社長は応接室でひとりで待っていてくれた。

「ガラスの材質検討で作業温度を一〇〇度下げます。そしてローターの材質は市販の耐熱合金にして、クリープ破断に至る前に塑性変形するものを選びます。その変形量を自動検出自動停止する方法を検討し、一年短縮します」

「ガラスは、耐熱性は少し落ちても風化による強度劣化はしないようにしてくれ」

「フッ素を使う許可をいただけますか」

「それ以外方法はないのか。公害の可能性のある材料は使いたくないが……」

「そうすると、ホウ酸の添加量を増やす方法がありますが、熔融炉が全電気加熱で、熔融ガラス表面と原料で被うコールドトップ方式の炉が必要です。しかし、現段階では大型炉の責任設計施工の国内メーカーは見あたりません」

「小型炉ならあるのか。いくらだ」

「日産量で一〇トン程度です」

「その築炉メーカーに知り合いはいるか。共同開発を打診しろ。だめなら若手の技術者を借りろ。そして、君が二四トン以上にスケールアップしなさい。それから、回転子の実証試験だが、親会社の機械研究所の副所長が私の娘婿《むこ》だ。笠井君をそこへ半年預けないか。

タービンのコンピュータによる仮想運転で運転経時毎の導体模擬評価法を習わせよう。そして、我々のローターも評価させて、その結果を信じて実証試験は本機でやろう。以上の方針で、二週間以内に開発期間一年の実施計画書を作ってくれ。待っている」

親会社の研究本部へ行き、指導協力をお願いした。機械研究所へも笠井君を伴い、有限要素法と大型コンピュータによるシミュレーションについて話を聞きに行った。種々のヒントとアドバイスを得、実行計画書を作った。

ここから始まる一年は、今までの生活とはまったく違った非日常の生活になった。

開発プロジェクトチームの結成。事務所の二階にあった寮を改造して、合宿生活のような寝泊まりできる部屋を持った開発室を設けた。一日が二十四時間からなっていることを初めて体験しているような気分で、毎日が暮れていった。家族のことは念頭から消していた。

長男は十四歳であった。男としての意識が高まるときだけに、「俺は、ああはならないぞ。親父のようにだけはなりたくない」というのが息子の思いであった。最悪の事態……。涙の出る思いを頭を垂れて、呑み込んだ。

そして、翌年、新製造機は稼働を開始した。

稼働に先立つ炉のヒートアップ。灼熱に輝く熔融ガラス表面にできる、電極のホットスポットの幾何学模様を眺めているうちに、一年間の思いが去来し、胸に熱いものが満ちた。

――こうして、危機を乗り越えた。

この時、日本経済は高度成長仕上げの時期であった……と思っていたのだが、一九八五年のプラザ合意*で、またまた金融体制のゆらぎが増幅されることになっていく。

そして、バブル経済。悲しみは腹に堪《こた》え、ボディブローは今も効いている。


*ニューヨークの「プラザホテル」で行われたG5（先進5カ国蔵相・中央銀行総裁会議）により発表された、為替レートに関する合意。アメリカ合衆国の対日貿易赤字の是正を狙い、円高ドル安政策を採るものであった。

Ⅳ　昭和の終焉〜平成

女たちの幸せさがし

末光　時枝
（大阪府）

一九七五年、国連が定めた国際婦人年の第一回国際女性会議がメキシコで開催され、七六年から八五年を「国連婦人の一〇年」とし、「男女平等・開発・平和」のスローガンが掲げられた。

三十代後半になった私は、良妻賢母を演じていた。妻・母・嫁という役割を演じるのは、家族関係に波風を立てないためだったが、どこか息苦しく自分が幸せという実感はなかった。

サラリーマンの夫は休日返上で働き、お酒も飲まず、難と言えば真面目すぎるくらいの人。不実な夫に難儀する友人に言わせれば「それは贅沢《ぜいたく》なこと」と笑われた。結婚以来同居する明治生まれの舅《しゅうと》はかくしゃくとして元気だった。私が外出するごとに舅は機嫌の悪い様子を見せるので、感情をころし自分のしたいことを抑えると、イライラと落ち着かず、ささいなことで子どもにあたった。掃除、洗濯、料理などどれだけやっても、それは当然のこととしてだれからも評価されることなく日々が過ぎていく。無償の労働が当然とされ、それを愛というひと言にすりかえられることが釈然としなかった。

そのことを夫に話すと「女中になりたいのか」と怒った。反論する言葉も出ず、空しく落ち込み、夫との間には暗い闇があると思った。次の日、夫は、何事もなかったように普段と変わらなかった。舅は夫のことが気に入らないと、「あいつが、あんなになったのはおまえのせいだ」と納得のいかない文句を言った。やらなくてもやりすぎても気に入らないのが嫁なのだと、主婦という仕事は空しいものと思った。

気の合う年下の義弟に愚痴を言ったとき、じっと聞いてくれたが、「コップの中の嵐やなぁ」と言われ気落ちした。男にとって家庭内のもめごとは瑣末《さまつ》なことで、生きる世界の違いや脳の仕組みの違いを思った。

年上の義弟が、妻と幼い子ども二人を残して病没した時、いつか自分にもあることかもしれないと不安になった。保育所を見に行き、夫に働きたいと言った。夫は年寄りを抱えているから主婦が仕事をすることは無理だと言った。会社で働く女性が、子どものことや、家族の介護で休むのを快く思っていなかった。

夫に扶養されてボランティアをすることに疑問をもちながらも、子どもの成長につれて、

PTA活動やガールスカウト活動に熱心にかかわった。幼稚園の母の会の会長を引き受け、ガールスカウト・リーダーにもなり、それはそれで充実しているようにも思えた。

七九年、三人目の子どもが四年生の時、夫がローンを組んで家を建てた。舅の妹が舅に、家のローンや子どもたちの教育費がかかるので生活費を入れるようにと言ってくれたが、舅は「子どもが親を養うのは当たり前、自分はそうした」と、年金の中から生活費を出すことはしなかった。長女は私学の美術大学に入り、次女は高校生となり、教育費も増加した。私はパートの学童保育の指導員になった。働くことで家族に迷惑をかけたくないと思ったので家事の手抜きはしなかった。

学童保育室は、教会に寄贈された古い家の階下の一室を借りて運営されていたが、二階の天井が落ちていて、大雨が降ると雨水が階段や配線を伝って階下へ流れてきた。

……何でこんな場所に子どもを預けてまで女が働くの？ 子どもが大きくなってから働いたほうが良いのでは……という思いをもっていた時、「国連婦人の一〇年」の後半事業として、「一九八一年大阪府婦人問題アドバイザー養成講座」が開かれることを知った。これが女性学を学ぶきっかけとなった。応募には小論文による選考が課され、「女が働くこと、光と影」というテーマで学童保育の現状を書いた。六倍の倍率だったが、運よく受講生になれた。

ニュースで国連婦人年第一回世界女性会議がメキシコで開催されたことや、七七年に「国内行動計画」が策定されたことを知っても、そのことと自分にどんな関係があるのかわからなかった。講座の内容は女性史から始まり、女性差別、性別役割分担、主婦問題、「家」制度、身体・生殖、それにまつわる法律など女性に関する講義が多岐にわたり、学習はハードだったが新鮮だった。

パート労働に関連した講義で、パートにも労働基準法が適用されることなどを知った。学童保育指導員連絡協議会を作り学習会をもったが、税金を払いたくないので夫の扶養控除限度枠内で働きたいと考える女性が多かった。自分の働き方を優先し、子どもたちにとってどんな学童保育が望ましいかという議論にはなかなかならず、主婦業と両立できる働き方が良いなど、労働条件の改善にもまとまりがつかなかった。私は理想と現実のはざまで揺れ、学ぶことと足下の現実の落差に暗澹《あんたん》としたが、受講生たちは修了後も学び続け、それが私の支えになった。

国連の調査では日本の女性の地位は世界で第二七位だった。特に労働分野が低く、高度成長期の労働を支えたのは女性の低賃金、パート労働だった。学童保育は女性が働くため絶対必要なものと思った。経済力をもたない女性が、夫や家族に依存して自分の人生を空しくしていることや、母の人生と重ねてみても、女も主体性をもって生きなければと、強く思うようになった。労働条件の整わない職場環境も改善したいと思った。

一九八〇年にコペンハーゲンで行なわれた「国連婦人の一〇年中間年世界会議」で日本は「女性差別撤廃条約」に署名した。

一九八三年、私は大阪府海外婦人問題研修セミナーに参加し、東南アジア五カ国を回った。参加費用三十六万円は高かったが、働いて貯めたお金を勉強に使うのは惜しいと思わなかった。事前学習で東南アジアの女性の地位や置かれている現実を知っているつもりだったが、現実に目にすることは新たな感覚だった。フィリピンの売買春の様子や救済施設の見学で、童顔の少女たちの姿を見ると悲しみと怒りが皮膚にまといついた。宿泊したホテルから、集団で買春に出かける日本人男性の集団を見て、驚きと怒りで言葉もなかったが、写真を撮る同行者の冷静さに我に返った。タイの寺院は金色に輝き美しいのに、雨が降ると治水が悪く、寺院に向かう道路は膝まで浸《つ》かって歩かねばならなかった。インドネシアでは大東亜戦争戦没者慰霊廟の中の横の棚に、無名のからゆきさんの骨壺が並んで置かれているのを見て、軍隊と女性のかかわりを知った。日本人墓地にある〈からゆきさん〉の墓の「享年十八」の刻字を見ると、どんな思いで異郷に果てたかと震《しん》とした。

一九八四年、地元で女性問題研究会を作り、働く女性も学習できるよう夜に集まって学習会を持ち、講演会は日曜日に開催した。一九八五年、「国連婦人の一〇年」最終年、世界会議がナイロビで行われた。日本はやっと「女性差別撤廃条約」を批准したが、女性の状況の改善は進まず、二〇〇〇年に向けての女性の地位向上のための将来戦略を採択した。

人権意識として、女性が働き続けることの大切さを訴え続け、学童保育の労働条件は、少しだが良い方向に変わったが、担当者に「お金のことを言うのなら、ほかの仕事に変わったら」と言われた。「女だけがなぜボランティアなの」と言いたかったが、空いた時間を働きたいという人がいたので、反論できず悔しかった。識者に「女の足を引っぱるのは女や」と言われた。八六年、大阪府が募集した実践小論文に家族・仕事のことを書いて入選したが、こうした女性問題の啓発冊子やポスターは一部の人の目にしか留まらず、私自身も経済や政治面の勉強不足を感じた。

八七年、共働き主婦の数が専業主婦を越えた。しかし、地域では女性差別の状況がなかなか変わらず、私たちの活動がマスコミに掲載されると「母親が女性問題などやっていたら、娘のもらい手がない」と陰口を言われた。「猫の子じゃあるまいし、もらってもらわなくて結構」と言えるほど、私は新しく学ぶことで変化していた。八八年、市民大学委員となり女性のための講座を企画運営した。時代の流れか、夜の講座にもかかわらず大勢の受講者が集まり、ネットワークが広がった。あちらこちらで女性の学習グループができていった。婦人会館の名称は女性センターと変わり、そしていまや男女共同参画センターとなった。

私たちが立ち上げた「女性問題研究会」は発足して二十年を経過した。女性たちの精神的なつながりは強くなり、それぞれが女性のための援助活動を続けている。女性が経済的に自立して生きるにはいまだ状況は厳しすぎるが、学び続け、法律や制度の知識をもつことで実践につなげることができた。スクール・ハラスメントや、DV（ドメスティック・バイオレンス＝夫や恋人からの暴力）問題など、女は生きにくい。力の強い者が支配するのではなく、男女が平等に良い関係で暮らせるよう、コミュニケーション・ギャップを埋める努力を続けよう。人は一生学び続ける必要があり、学ぶことが生きる力になるのではないかと思う。

わたしの免許証

野中 ひろみ（愛知県）

昭和五十三年十二月の年の暮れのことだった。お正月を数日後に控え、我が家の子どもたち四人が、そろって風邪をひいてしまった。電話で、病院までのタクシーを依頼した。

「ただいま満車ですので、お迎えまでに時間がかかっております」

刈谷総合病院（現在は刈谷豊田総合病院）の受付終了時間十一時に間に合いそうにない。時計を見ると、ちょうど路線バスの時間に間に合う。丁寧にお断りをして、一歳四カ月の俊彦をおぶって、生後四カ月の栄子を抱っこ、二歳十一カ月の靖夫と五歳一カ月の美治を歩かせて、家の近くのバス停留所へと急いで向かった。富士松方面から数人の乗客が乗っていた。私は、この時ほど、マイカーの必要性を感じたことはなかった。

「お父さん、車の免許とりたいけど……」

夜、会社から帰ってきた主人に、私は今日の出来事を話したあと、

「運動神経の鈍い私だけど、車の免許を取りたい。お願いします」

ひたすら主人にお願いした。

「息子たちが学校に行くようになって、しっかり留守番ができるようになってからではどうだい？」

「私の目の届く範囲に子どもたちがいる時期が安心だから、今がいいと思う」

この時、主人は賛成してくれなかった。私は身の回りの整理をしながら、いくつかの自動車学校に、子連れでの入校と学費の分割納入ができるかどうかを電話で問い合わせてみた。その中で、刈谷自動車学校の入校案内だけに、「お子さんは何人でも預かります」とあった。学校内に託児所が設置されているという。私は、刈谷自動車学校を訪れた。託児所の保母さんが笑顔で子どもたちを受け入れてくれた。納入方法も分割にできるとのことなので、早速申し込み手続きをして家に帰った。

その夜、会社から帰った主人にあらためて、自動車学校入校手続きの書類を見てもらい、心からお願いした。

「卒業目指して頑張るから、お願いします」

主人は、これ以上反対しても無駄だと判断したようだった。

昭和五十四年三月十日、私は刈谷自動車学校へ入校した。自動車学校の窓口は、学校が春休みのため、学生であふれていた。実地教習の予約がまったく取れず、最初の二週間は、一日平均五時間の学科の授業を受講する手続きをした。

家事、育児をこなし、自動車学校での免許証取得の戦いが始まった。朝、長男を幼稚園に送り届けてから、自宅からすぐ近くの道路で送迎バスを待った。七カ月の栄子をおぶって、おしめ、ミルク、お弁当、お菓子、教科書などを大きなかばんにいっぱい詰め込んだ。一歳四カ月の俊彦、三歳の靖夫を連れて、免許証取得目指してスタートしたのである。子どもたちも保母さんたちにすっかりなついてくれて、私は安心して学科の授業に集中できた。十日間で、無事に学科の勉強を終えて、仮免の学科試験を受験した。試験の結果は「九十四点」。担当教官は言った。

「こんな点数じゃ、平針（運転免許試験場）のペーパーテストは落ちるぞ」

いよいよ、教習車での実地教習が始まった。私の担当教官は鈴木という眼鏡をかけた頬のこわばった先生だった。

「よろしくお願いします」

生まれて初めて車の運転席に乗り込んだ。頭の中で予習したように車のドアを開けて、エンジンをかけ、スタートするまでの手順を間違わないかとドキドキだった。

「前方をよく見渡すように。君はすぐ近くを見るし、ハンドルに目がいく。それはわき見運転という」

と、手厳しい。

「絵で見る実地の本が受付にあるから、買ってしっかり予習してきなさい」

と、アドバイスをしてくれた。貴重な一時間の実地も一周だけして、教官から説明を聞く時間にとられることもしばしばで、終了のチャイムが鳴り、無念の思いに駆られることもたびたびだった。

主人はいつも残業で、毎日平均九時頃の帰宅だ。

「車だけは説明を聞いてもわからんから、とにかく、身体でおぼえるしかないね」

残業で帰宅時間が遅い時も、子どもたちが眠っていることを確かめて、食事後、ギアチェンジの方法などの手順を、忍耐強く納得いくまで教えてくれた。主人の応援のおかげで、一段階、二段階の自動車学校での実地訓練は、緊張感の中にも、精いっぱい頑張れた。

三段階以降の担当教官は、二十四歳の戸田先生だった。私の二段階までの実地の成績表を見るなり、

「うーん、たくさん乗ってるねえ。まあ、安全料と思ってください」

物腰の丁寧な、気軽に尋ねることのできそうな先生で安心した。コースに入って一生懸

命練習していると、前教官の鈴木先生が助手席から身を乗り出すようにして、

「野中ー、がんばっているかー」

と、大きな声をかけてくださる。

特に坂道のコースは難しかった。緊張のあまり横道に外れてしまったりした。安全運転をモットーに、自分で決めた免許証取得目指してレッツゴー、自分に負けないと心に決めた。

実地の仮免許合格率は五〇パーセントだったが、そのうちの一人としてなんとか合格することができた。

規定の段階を経て、道路コース十三時間乗車後に「本免」を受験した。試験管が助手席に座る。「安全運転第一、無事故で落ち着いて」と自分の心に言い聞かせ、日頃の練習を思い出して運転した。

本免の合格発表があり、受験者の半数は不合格だったが、おかげで数少ない合格者の中に私は入っていた。平針での試験も「九十九点」で合格することができた。

昭和五十四年五月三十日免許証が手元に届いた。

「よくがんばれた」

私は私をほめてやった。親切な教官や保母さん、今まで応援してくれた主人や子どもた

ちのおかげだと感謝した。

免許を取得して一週間後、主人が会社の仕事で出張することになった。私は、慣れない運転で、主人を無事に駅まで送ることができた。不思議なことに、それ以来主人の出張が多くなり、私は免許を取って本当に良かったと思った。

当時、三菱自動車に勤務していた主人は残業が続いていた。夕方六時になると我が家の夕食の時間だ。四人の子どもたちと一緒に手を合わせた。

「お父さん、いつもありがとう。お先にいただきます」

七年間の幼稚園の送り迎えのあいだ、中古の軽自動車が私の子育てを支えてくれた。

私は、終戦後の昭和二十三年生まれ。半農半漁の生活の中、両親が大地に足を踏みしめて、一生懸命働きながら育ててくれた。今は亡き両親に「心からありがとう」と感謝の気持ちでいっぱいだ。家族や多くの人たちの支えがあって今の私が存在する。今も、これからも心のアンテナを高くして、社会の一員として、生あることに感謝しながら、日々あらたに生きていこうと思う。

チェルノブイリ原発事故　医療協力プロジェクトに参加して

岡島　俊三
（愛知県）

「君、ソ連へ行ったことがあるか。ただでソ連旅行ができるという話があるが、行ってみないか」

突然、広島の放射線影響研究所理事長・重松博士から声をかけられた。一九九〇年の六月、長崎での学会の折であった。何か曰《いわ》くありげであった……。

「それは面白そうですね」と生返事はしたが、次のような事情があることが間もなく判明した。

一九八六年四月、当時ソ連の一部だったウクライナ共和国のチェルノブイリ原子力発電所で大事故が発生し、すでに四年余り経過していた。それまでに世界各国による調査は盛んに行なわれていたが、被災住民を直接目的とした援助活動は皆無であった。

放射能汚染地域は広大で、そこに住む住民は七一〇万に達し、不安は募るばかりであった。抑うつ、精神的脅迫感に起因する心身症が発生する状態で、ゴルバチョフ大統領も対応に苦慮し、日本の特に広島や長崎の原爆に関する専門家の支援を強く要請してきたという事情があった。これに応えて、笹川記念保健協力財団から約五〇億円規模の基金の提供の申し出があり、「チェルノブイリ医療協力プロジェクト」が発足することになった。

ただちにソ連政府からは、実情視察のために専門家の派遣を要請してきた。これに参加してほしいとのことであった。

定年を過ぎ、七十歳を超え、少しゆとりをもって優雅な生活でも楽しもうと考えていた時ではあったが、長崎で二十数年原爆の影響の研究に従事した経験が多少でもお役に立てばということで、思い切って参加を決意した。

八月八日、ソ連政府の招きで広島・長崎大学の関係者を主とする十一名により、約一週間の現地視察が行なわれた。モスクワではＶＩＰ待遇で、前後をパトカーに護《まも》られてクレムリンに到着。政府の関係当局者と二日間にわたって綿密な視察計画の打ち合わせが行われた。

当時のソ連は経済状態が逼迫《ひっぱく》していて、ホテルで湯がまったく出ないとか、国営の百貨店も商品は空で、露店の闇市場が繁昌していた。

われわれの視察は、放射能汚染の特にひどいベラルーシを重点的に調査し、チェルノブイリの原子力発電所も視察した。キエフを朝出発し、大草原を走り、原発を中心とする三〇キロの汚染ゾーンの検問所に着く。ここで原発側用意の専用バスに乗り替えて発電所へ。四号炉が事故を起こしたのであるが、同じ構内の一、二、三号炉は稼働中であった。更衣室ですっかり衣服を着替えて四号炉のいわゆる「石棺」に入る。しばらく歩いて四号炉の制御室まで入って検分する。壁の向こうは破壊された原子炉である。サーベイメーターを離さず見守る。放射線は強く危険であり、長居は無用と急いで退去する。

この視察によって、被災地の住民の不安がいかに深刻であるかを痛感した。広島・長崎の被爆者でもそうであったが、正確な情報のない時には強い不安に襲われるのは当然である。健康上の問題点を早急に把握して、正しい情報を住民に知らせることが最も重要であった。現地では医療設備の不備、放射線測定器や医薬品の極端な不足が叫ばれており、日本からの協力・援助を強く求めていることをひしひしと感じた。

帰国後、援助計画をいかに進めるか、協議が重ねられた。

広島・長崎の原爆では、爆発時のガンマ線が体外から照射されたのが問題であった。チェルノブイリでは原子炉に蓄積された、広島・長崎の原爆で生じた量の約千倍もの放射性物質、いわゆる死の灰が上空に吹き上げられ、ソ連の西部、ヨーロッパ、さらに北半球一面に降下して大地が汚染されたのが問題である。特に初期に短寿命の放射性ヨウ素が大地を汚染し、汚染された草を食べた牛の牛乳を飲んで体内汚染を起こし、ヨウ素が甲状腺に集積して甲状腺がんを起こすことが最も憂慮された。

協議を重ねた結果、次のようなプロジェクト案が作られた。

＊体内の放射能測定のための最新鋭の装置、甲状腺超音波診断装置、血液自動分析装置などを搭載した検診バス五台供与。

＊これら検査に必要な医薬品その他一切の資材供与。

＊検査担当者の技術研修、技術指導と意見交換のための専門家派遣。

私は放射能測定の責任担当となり、準備を進めることになった。検診は事故時一〇歳未満であった子どもを対象に、五地域の医療機関で実施することにした。バスを選んだのは汚染地域が広大で、被検者を病院に集めることが困難なため、出張して検診する必要があると判断したからである。

突貫作業で準備は進められ、一九九一年四月バスは完成し、ソ連の大型輸送機が一挙にモスクワへ運んだ。事故五周年に当たる四月二十六日、クレムリンの赤の広場で引渡式が行なわれた。いまだ残雪があり、寒風の中われわれはオーバーをぬぎ白衣姿で立ち会わされた。多数の高官らによる長い感謝の挨拶が続き震えあがってしまった。直後ライサ大統領夫人がクレムリン宮殿に招き入れて感謝と慰労の宴を開いてくださった。

“石棺”の前で。中央でカメラ２個を持つのが筆者

翌日から一週間モスクワ近郊の放射線医学研究所に実際に検査を担当するスタッフに集まってもらい、測定器の使用法の研修を行った。その後日本人スタッフは五カ所のセンターに数名ずつ散らばり、現地のスタッフと共同で検診の実務の指導に当たり、七月末までに一応の指導を終わり、以後は現地のスタッフにまかせたが、年に数回日本から医師、技師を派遣して検診の打ち合わせ、機器の保守管理に努め、計画は順調に進められた。年に一度は一年間の検診結果について現地でシンポジウムを開き、年次報告書が作成された。

この間にソ連は崩壊し、三つの共和国に分かれたため、連絡方法が複雑になるとか、経済的混乱などさまざまなトラブルもあったが、計画は予想以上に順調に進行した。これは関係者の熱意、意欲に負うところが大きい。

この間試薬、消耗品等検診に必要なだけ供給し、延べ四五一名の日本人関係者を現地に派遣し、現地から一一四名の関係者を日本に招待した。さらに一〇九名の現地の技術者の研修を実施するなど大がかりなものとなった。

五年間で十二万名の検診を実施した。体内の放射能については、微量であって将来このために放射線の影響が現われるほどの放射能は検出されなかった。したがって移住などの必要はなく一安心であった。

このプロジェクトで注目されたのは甲状腺の異常である。六十四名の甲状腺がんが発見された。日本や欧米では小児甲状腺がんはきわめてまれで、人口一〇〇万人あたり年間一〜二名といわれているので、これは異常に高い値であって明らかに放射線の影響と考えられる。不幸なことにわれわれの予想が的中した。

広島や長崎と異なって、白血病その他の癌《がん》の発生率が放射線に起因すると思われるものは検出されなかった。われわれの調査は被災者のほんの一部にすぎず、わずか五年間の調査であって、将来にわたって甲状腺がんがどのくらい発生するか確実な予測は困難であるが、IAEA（国際原子力機関）によれば、甲状腺がんの発生推定値は数千名程度とされている。しかし早期に適切な処置が取られるなら、死亡数はかなり低くおさえることは可能である。

調査を一応終えて、このような事故は絶対に起こしてはならないということを痛感した。それには幾重にも安全性を考慮した設備でなければならないが、従業員の安全への徹底した教育訓練と、担当者自身の安全への心構えが何より大切であろう。

携帯電話がやって来た

中村　千代子（香川県）

平成元年、我が社はまったくの異業種である携帯電話事業に参入した。K社の代理店となったのである。本部長は専務、営業は二名、私が事務という五名での立ち上げだった。当時、私は入社して二十数年が経ち四十二歳になっていた。バイク・自転車の卸売業が我が社の本業であり、突然携帯電話販売を始めると言われても全員右往左往するばかりであった。六十の手習いとまではいかないまでも、講習会・勉強会の毎日が続き、若くない頭は悲鳴を上げていた。連日、帰宅が遅くなったが大学生と高校生の二人の子に助けられた。私と同じようにK社の方々もさまざまな体験や苦労をしていた。なにしろ、我が国で初めて携帯電話事業が始まったのである。メーカーとしても、手探りをしながらの日々であった。我が社への営業担当はHさん。Hさんは私より年下で弟のようだった。なぜか馬が合い、実の姉弟のように助けあい励ましあって頑張った。

直接販売に赴《おもむ》く営業員の苦労も並大抵ではなかった。まだ自信の持てない知識を引っさげて、飛び込み営業を続けていた。

「売れました！」

「おめでとう、頑張ってね」

一台売れるたびに、みんなで喜んだ。メディアによるニュースや宣伝の効果、物珍しさも手伝って、次第に「重宝な道具だ」という認識が生まれてきた。携帯電話の需要は着実に伸びていった。

仕事に面白さを感じ、私の力が存分に発揮できるようになったのは平成五年からであった。その年、我が社は「携帯電話専門店」をオープンした。四国では初めて、国内でも先駆者の一つであった。きっかけは、アメリカの携帯電話事業を視察に行った本部長の提案だった。K社も、支社長はじめほとんどの社員が関わって大プロジェクトが発足した。私にも、さまざまな準備や企画などの仕事が押し寄せてきた。ショップのレイアウトや看板からボールペンの用意まで気を配らねばならなかった。中でも、一番気を揉《も》んだのはスタッフの確保だった。なにしろ今までにない職種。求人、面接を繰り返してもなかなか良い人材に巡り会えなかった。職歴などを勘案し、採用したのは三十代の女性二人と五十歳間近の男性一名。この人たちは、新卒とか若い人より、やる気もあり知識も豊富だった。

この三人にはオープンまでの毎日、とてつもない勉強が課せられた。私も時間の許す限り、この勉強会などに出席した。苦手な理系の話になるとチンプンカンプン。それでも、携帯電話のノウハウを一から勉強できたことで、なおいっそう仕事に愛着が湧いたものであった。

いよいよ明日はオープン。店舗高く掲げられた燦然《さんぜん》と輝く看板に見入る支社長。ところ狭しと持ち込まれた、お祝いの観葉植物の鉢。道行く人たちにオープン告知のチラシを配る新採用のTさんとNさん。笑顔の中にも不安が混じった顔が印象的であった。本部長をはじめ、我が社の社員の喜びようもすごいものであったが、K社の人々も同じであった。四国支社として、初めて専門店オープンにこぎつけた満足そうな表情。その中には誇らしさが漂っていた。五年間、姉弟のように、ともに歩んできたHさんと私は、すべての最終チェックをしながら黙ってそれらの光景を見ていた。

オープン当日は、開店に先がけてテープカットなどのセレモニーが行われた。笑顔笑顔の弾んだ声が店内にあふれた。まもなく開店。すでに店の前の通りには、開店を待っているらしい人のかたまりができていた。

「いらっしゃいませ」

「オープン記念品でございます」

「どうぞ、こちらでお待ち下さいませ」

社長も本部長もなかった。次々に入店してくる人の対応にだれもが動き続けた。営業員が何十日もかけて販売する台数があっという間に売れていった。オープン初日のこの日、来客が途切れる間はなく、ブラインドを閉じた時には九時を回っていた。

「ご苦労さん」

私たちをねぎらってくれる本部長も、さすがに疲れていた。店員のTさんとNさんは声が嗄《か》れていた。Hさんも最後までつきあってくれていた。本部長が、私とHさんを倉庫兼控え室に呼んだ。

「こんな日が来るとはなあ。五年前、この事業を始めた時には思いもしなかった。この事業にはみんな消極的で不安ばかりだった。あなたたち二人には本当に助けられた。元気をもらった。二人の顔を見ると落ち着けた。ありがとう、今日は夢を見ているようだった。今まで生きてきた中で、一番感慨深い日であったように思う」

そんな言葉でねぎらってくれた。私は、感極まり涙を流してしまった。陳列台に並べられている商品の青い箱が涙にぼやけ、ブルーの固まりとなって視界からあふれていった。Hさんも唇をふるわせていた。一番店を立ちあげた時の喜びと苦しみを、私は一生忘れないだろう。

その後、ショップは四国四県に次々とオープンしていった。全国の同業者が視察研修に訪れた。私の仕事は煩雑を極めた。一店オープンさせる度に魂が少しずつ抜けていくぐらいの労力がいった。それでも最高に楽しかった。絵を描くことも大好きな私は、企画やチラシ作り、ショップの飾り付けなどにも力を入れた。一号店オープン時に採用したTさんとNさんも片腕になってくれた。

ショップ数が三十店を越し、それに携わる社員が、母体会社の社員数と同じくらいになった時、私は元の部門に戻った。少し淋しい気もしたが、成長し一人前になった我が子を見るような思いであった。よくぞここまで、という満ち足りた気持であった。

あれから十数年が経とうとしている。昨年私は定年を迎え、嘱託として再雇用されている。今、K社のHさんは出世街道を驀進《ばくしん》しながら転勤生活を続けている。あの頃、知り合った人の中には外国勤務の人もいるし、日本各地の勤務地から折々の便りも届く。私の人生の歴史を大きく変えた携帯電話。

私が自分の携帯電話を持って、どのくらい経つだろう。もう、いいおばさんなのに「着うた」だの「メル友」だのと、暇があれば若者並みにいじっている。出始めた頃は、重くてカッコ悪いものであった。今、私の相棒はスマートなオレンジ色。いざという時、本当に役に立ってくれる。昨今、携帯電話各社は日本を代表する企業に成長している。私の歴史を変え、経済の歴史をも変えた携帯電話。

いつでも　どこでも　あなたのパートナー
どこからも　その声　そのまま　その人に

私が創ったキャッチコピーで、長く利用されたものである。懐かしい。

おやじ殿に伝えたい平成
――バブル経済と僕の転職

長野　恭治
（愛知県）

拝啓
今日は、生まれて初めておやじ殿にお手紙を書きました。おやじ、なんて失礼ですが、まさか六十三歳になった僕が、昔呼んでいた「お父ちゃん」とはいい辛いもんね。なぜ手紙かって、それは、おやじ殿が知らない平成のことを教えたいと思ったからです。
おやじ殿は昭和五十八年十二月、黄泉《よみ》の世界に行かれ、遅れて二年後の昭和六十年十月からはお袋も一緒ですよね。仲良くされてますか。お袋に、がみがみ言ってないでしょうね。千の風になって、いつも僕らを天上から見まもってくれてるでしょう?　この手紙、天空から読んでください。

昭和六十四年一月六日、あとで平成元年と年号の変わったその日、四十五歳の僕は四十四歳の嫁と短大生と小学生の二人の娘と香港にいました。初めての海外旅行です。

勤めていたD建設会社の創業十五周年記念旅行です。海外旅行はおやじ殿たちにプレゼントしていないですね。ごめんなさい。

その香港は当時の日本と違い驚くほどの高層建物が林立し、夜はネオンも美しく、百万ドルの夜景を満喫しました。でも、その街の風景も昼間は美しくありませんでした。ネオン用のコードや電球がむき出しになったりしていました。

建物も九龍《クーロン》辺りには、いかにも違法建築と思われるのが多数ありました。D建設の不動産部に入って一年に届かない新人の僕にでさえよくわかりました。昼と夜の極端な差は、何か不気味さを感じたものでした。

その香港で次の日の七日、観光バスで市内観光に出かける前です。地元のガイドさんが、「お国の天皇陛下が今朝お亡くなりになられました。お悔やみ申しあげます」と、流暢《りゅうちょう》な日本語で言われました。日本を出るとき、昭和天皇のご病気は報道されていたので、国民の誰もがある程度の覚悟は持っていたのかもしれませんが、やはり衝撃をもって聞きました。はしゃいでいたバスの中は水を打ったように静かになりました。

天皇陛下の逝去を外国で聞くことはなんとも表現できない響きでした。ちょうど大分のおやじ、あなたが亡くなった時、その電報をもらった時の感覚に似ています。全身の力が抜けてしまう感覚です。それは、おやじ殿に信頼された生き方をしていない、不安定な時期だったからだと今はわかります。

おやじ殿は亡くなる直前、

「大丈夫かあいつは、まだふらふらしちょるらしいけど……」と、私のことを心配されていたと後でお袋に聞きました。

それは僕が製造業から、不動産営業に転職しようと秘かに準備していたことをおやじ殿は知っておられたからですよね。

おやじ殿はいつも製造業が一番と言い続けていましたよね。

「八幡製鉄だったら倉庫番でもいい」と私がまだ実家にいた昭和三十七年頃、いつも言われてましたよね。耳にタコができるくらい。

僕が、その製造業の、勤めていた自動車部品の会社をやめたがっていたのですからね。天皇陛下もご心配なことがあったのでないかと、ふと思いました。その時の日本は異常な不安定状態だったからです。それはバブルです。

果たして、その心配どおり、日本は天皇崩御の後、一気にバブル崩壊の道を進んでいきました。平成四年、万事休すです。その時、僕らは迷走しました。

ここに資料があります。

「日本がバブルに向かった直接の原因は昭和六十年（一九八五）のプラザ合意と言われている。そこで低金利政策が合意され、業界は資金調達が容易となったこと。円高で打撃を受けた輸出産業を救済するために政府は大幅な金融緩和政策を実施したこと。それにより市場にあふれた円が株と不動産に向かった。それが昭和六十二年（一九八七）頃から顕著になった」と。

僕が製造業を退職し、D建設不動産部に進んだのも、バブル真っ直中の昭和六十三年二月です。ひと山当てようと思ったからです。当時、株で大儲けした話、土地の売買で一日で数億円稼いだ話が連日報道されていたからです。歌う不動産屋がいたのもこのころでした。

おやじ殿には怒られるでしょうが、この時期、製造業に従事しているのが馬鹿らしく感じられたのです。それで四十四歳というのに転職をしました。でも不動産業界に入った頃は仕事も順調だったのですよ。バブル崩壊前の膨張した経済状態だったからです。土地売買も建物売買も、さらに賃貸も需要が供給を常に上回っていました。営業の必要がないくらいでした。

銀行の融資も土地を担保にすれば簡単でした。抵当に取った土地は必ず値上がりすると思われていたからです。まさに神話の如く。

営業マンとなった僕の給料もそれまでの二倍になりました。転職して本当に良かったと思いました。この時期、一部の人は加熱する経済に警告を発していました。しかし、周りはバブルに酔っていたと思います。バブルがはじけるなんてことは考えたことがありませんでした。マイナス情報があっても、大きい流れの中に飲み込まれると、誰もが一元的な判断しかできないものだと思いました。日本を代表する大手銀行でさえ、不毛の土地を担保に融資を続けたのですから。

それでも、さすがに加熱する経済はほうっておけずに規制がかかりました。土地取引に関しては総量規制の実施です。それが引き金になったか、不動産価格の崩壊は顕著になりました。

それからは、僕の仕事は困難を極めました。同業他社は次々に倒産しました。かろうじて残った我が社は建物の請負と建設、そして不動産取り引きは仲介に業務を限定しました。しかし、不動産業の冷え込みは、僕の仕事の崩壊が迫っていると感じ、震えました。

「君もなんの因果か、わざわざ安定していた自動車産業を退職して、厳しい不動産業界に入ったのだから、覚悟を決めて頑張るしかないね」との上司の言葉をくやしく聞きました。が、実際、他に方法はありませんでした。

僕はバブル崩壊から、何年かは年中休みなく働きました。前の製造業の仕事は地味だが良かったと後悔しましたが、遅かった。

それから、定年を迎えた平成十八年六月まで会社人間が続きました。でも、無事定年まで病気することもなく生きてこれたのは、元来丈夫に生んでくれたおやじ殿たちのお陰です。感謝しています。見通しの甘さは謝らなければならないのですが。

平成も十九年となりましたが、バブル崩壊は日本人に自信を失わせたのか、いま少子化社会を迎えています。経済格差も激しくなりました。

その中でものづくりの盛んな名古屋圏が元気なのは、やはりおやじ殿の言われる通り、製造業が経済の基本なのでしょうか。

おやじ殿に、定年後の僕は何をすべきか教えを請いたいところですが、「バブル崩壊の中でも生き残ったお前の体験を生かさない手はないだろう」という言葉が、聞こえてきそうです。

そう言えば、おやじ殿たちのお墓のある大分県日田の塚田集落は過疎化が激しく、もう定期バスはなくなりました。そのうち、人だっていなくなります。これは何とかしないといけないことです。活性化は、僕たち国民自身が、真剣に考えなければいけないことですよね。

敬具

〈私にできること〉への問い
——阪神・淡路大震災そして地下鉄サリン事件

橋本　一雄
（福岡県）

地震が起きた時にまずすべきことは、身の安全を家族に連絡すること。

この教訓は、阪神・淡路大震災が発生した一九九五年一月十七日、高校の担任であった恩師から受けた訓示である。京都の大学に通う恩師の友人の娘が、震災後の被災地への連絡は復旧までに相当の時間を要することを見越して、あえて無事の連絡をしてきたのだという。なるほどと思った。

阪神・淡路大震災の報道は、時を追うごとにその死傷者数が深刻さを増し、当時高校二年生であった私は、自然の脅威に震撼するとともに、危機管理や災害対策等、政治や行政の動きに必然的に注目し、（それが十分であったか否かの検証は別としても）復興支援としての物資支援やボランティア等が次々に被災地に到着する様子を見ては、胸が揺り動かされるような共鳴を覚えていた。

自分には今、何ができるだろう。そう考えると、とてもいたたまれない気持ちになった。数カ月後、私が単身上京したのは、進学先の一つとして考えていた都内の大学を見学するためだった。無事に運べば、一年後には実家を離れ、憧《あこが》れの大学生になることに胸は高鳴ったが、新宿、池袋、渋谷といった大都会の象徴ともいうべき街に降り立っては、無味乾燥とした雑踏の中、どこに何の店があるのか、これだけの人ごみをどう掻《か》き分けて歩けば良いのかという戸惑いを隠し切れなかった。長閑な新潟の小さな町で過ごしてきた高校生にとっては、あまりに大きなカルチャーショックであった。

一週間後、自宅で起床し、茶の間に降りてみると、テレビは地下鉄サリン事件の辛酸な様子を一斉に報道していた。一九九五年三月二十日のことである。当時、事件の全貌がすぐさま理解できたわけではなかったが、つい先週乗ったばかりの営団地下鉄で化学兵器による無差別殺人が起き、多数の死傷者が出た緊急事態であることは、ただちに察せられた。逼迫《ひっぱく》した緊張の様子がひしひしと伝わってきた。この悪辣《あくらつ》な事件の詳細を伝えるべく、入り組んだ地下鉄の路線図と、雑踏を掻き分ける通勤風景が報道されるたび、私たちは今までどおり平和に暮らしていけるのだろうか、これから革命的な緊急事態に陥るのではないかと真剣に案じ、怯《おび》えるような気持ちになっていたように思う。

都市部では火災による二次被害も広がった
（阪神・淡路大震災）

しかしまた、こんなことが許されて良いのかという強い憤りも覚えていた。沸々《ふつふつ》とこみ上げる得体の知れない使命感もあった。自分には今、何ができるだろう。またしても私は同じことを考え、自問した。高校三年に進級する春休みのことである。

一九九五年の夏は、耐え切れない暑さが続いた猛暑であった。無事に高校三年生となっていた私は、夏休みに高校で実施される小論文の添削指導に通っていた。政治・経済を担当する恩師は情熱的で教養に満ちた方で、私は一日おきにマン・ツー・マンで実施される一回三時間の小論文指導のために高校へと通い、「自分には何ができるだろう」という自身のテーマを解明する手がかりを模索していた。

この小論文指導は恩師の情熱そのままに熱血指導だった。ある時は、当時、軍事政権の軟禁から解放されたばかりであったミャンマーのアウン・サン・スー・チー氏を「誰が何のために軟禁し、同氏がどういう理由でノーベル平和賞を受賞したのか」というテーマについて。別の日は、「法の支配と法治主義はどう違うのか」といった当時の私にとっては、かなり難解なテーマを取り扱う上、講義を理解したかを見るため、宿題として次回までに課題の小論文を提出しなければならない。それだけではなかった。前回提出した小論文もほぼ全面的に添削され、次回までに修正分も提出を要するので、私は英語や古文などの受験勉強と何とか帳尻を合わせながら、用語辞典などを必死で引きつつ、原稿用紙と向き合う日々が続いた。

当初は過酷に感じられたこの小論文指導も、次第にペースをつかみ、二学期が始まって、各大学の願書配布が始まる頃になると、「自分には何ができるだろう」という自身のテーマへの切り口が少しずつイメージできるようになった。そのための方策を自分なりに一つ探り当てたような気もしていた。「今、私にできること」と「未来の私にできること」の棲み分けをし、大学で学びたいことを決めた。

振り返ると、人生の岐路で貴重な示唆を与えられた、この思い出深く、貴重な小論文教室を心底ありがたいと感じた。

高校三年の冬、私は京都にある私立大学の法学部に合格することができた。社会と自分の関係を改めて考え直し、大学で何を学ぶべきかを自問した私が出した結論は、社会を動かしサポートする政治・行政について学び、市民が平和に共生できる社会を作るための法を学ぶというものだった。まだ、神戸は震災復興のただ中にあって、地下鉄サリン事件の全容も明らかにされていない中、私は大学で法を手がかりにして自分にできることを身につけたいと考えたのである。

あれから十一年が経った。

大学卒業後、七年あまりの東京での生活を経て、私は今、福岡に教職を得ている。自らがそうであったように、学生に自分と社会との関わりについて改めて考えてもらえるような授業を心がけている。

平穏な生活の中ではなかなか気づかない、自分と社会との関係について、かつての惨事の記憶を逸することなく、そこでの想いを語り継ぐこと。これが今の私にできることであると考えている。

にこヘル活動日記

寺井　紀子（愛知県）

「こんにちは、ヘルパーの寺井です」

毎週火曜日の午後に訪ねるYさんの家。玄関を入るといつも湿布薬の匂いがする。Yさんは少し耳が遠いので、Yさんの返事を待たずに持参したスリッパを履き、そのまま部屋の前に行ってもう一度声をかける。

「お元気でした？　変わりはなかったですか。にこヘルの寺井です」

いつもベッドの中にいるYさんからは、「あーあ、あんたかね。よろしくたのむわ」と返事が返ってくる。

私は平成十二年から十六年ぐらいまでの四～五年、春日井市の社会福祉協議会の「にこにこヘルパー」として活動していた。

二十年勤めたパートの仕事を辞めたあと、漫然と家庭にいるのは、物足りなくさびしいと思っていた。体力も気力もまだあったので、なにか人のためになることができたらいいと思った。

私の母も高齢であったし、介護ヘルパーに興味があったので、すこし勉強したいと思っていた。その頃、春日井市に「にこにこヘルパー制度」があることを知り、数日間の講習を受けて登録した。しばらくすると、社会福祉協議会から連絡があり、私はにこヘル活動を開始した。一人暮らしのお年寄りの生活援助が主な活動だった。

Yさんは女性、大正七年生まれで私の母とほぼ同じ年齢である。

ご主人を早く亡くし、子どもはいないのでずっと一人で暮らしてきた。今は足が悪くてほとんどベッドに寝ている。外出するときは車いすを使っている。

私は部屋の中に入り挨拶《あいさつ》をして、変わりのない様子を見届けると、早速台所に入る。エプロンを着けると、まず冷蔵庫の中をざっとチェック、卵や冷凍庫の中の魚や野菜室の中もチェックする。

そしてまず定番のおかず作りにとりかかる。

その前に、（ああそうそう、ご飯を炊かなくては）、と思い炊飯器に米を洗い入れる。一カップ半の米、これを炊き上げたら、五回分に分けて、その日の夕食に食べる分を残して冷凍する。

おかずはまず時間のかかる煮物から先にする。ごぼうの煮物とポテトサラダはYさんの好物、定番で毎回作っている。

初めの頃は作り方もいろいろ注文がやかましく、やりにくいこともあった。しかしこのごろでは、Yさんのだいたいの好みがわかったので、それほどうるさく言われることもなく、任せてもらい、私流の作り方でやっている。卵焼きと煮魚、味噌汁も作る。年寄りだから蓮根《レンコン》やにんじん、サトイモやカボチャなど、野菜の煮物も好きだ。

ただ注意していることは、高齢でもあるし、生活習慣病のいくつかを持っているYさんなので薄味にし、柔らかく食べやすいように作ること。

さいわい歯が丈夫らしく、ほとんどのものは食べられる。父親が船会社に勤めていたというだけあって、年のわりには食べ物も洋風好みで、コーヒーが好きだしケーキも好き、チーズやバターなどの乳製品もよく食べている。歯が丈夫なのはそのせいかもしれない。

これらのおかずを決められた時間内で作るのは、主婦暦ン十年の私でもたいへんだ。

私がおおわらわで奮闘していると、しばらくしてYさんがベッドから起き上がり、歩行器につかまって、歩いてトイレへ行く。すこし介助を必要とするので手伝ってあげる。部屋の中にも簡易式トイレがあるが、気分が良いときには歩行器でトイレまで歩いている。寝たきりでテレビを見ているより、そのほうが本人も気が紛れるだろう。

そのまま台所に来て、私が料理をしているそばで、コーヒーを飲みながらいろいろ話をする。

若い頃のことや、公務員だったご主人のこと。自分も子どもがなかったので公務員として定年まで勤めていたことなど。名古屋に住んでいた頃に通っていたカルチャーセンターで作った木目込み人形や風景を描いた銅版画を見せてもらったりして、私は自分の母と話している感覚でしゃべっているが話題は尽きない。

Yさんはしばらく話したら部屋へ帰っていく。部屋のほうからテレビの音がしてくる。私はホッとしてまたおかず作りに専念する。遅れた時間を取り戻さなくてはならない。しかし、この話し相手もにこヘルの大事な仕事なのだ。話しながらYさんの体調などもそれとなく見て、活動日誌に書き込む。

夕食の時間には専門の介護施設のヘルパーが来るので、伝言をメモに書いておく。出来上がったおかずを器に盛り付けたり、冷蔵庫に入れたり、後片づけもある。洗濯物を取り込み、部屋に掃除機をかける。

ふっと時計を見ると四時を過ぎている。（ああ今日もまた予定時間をオーバーした）、急いでしても私の能力では時間内にできることは少ない。なんとか無事今日の仕事を終わって、

「ではまた来週来ますから、お元気でね」

とあいさつをし、すこし疲れを感じながらYさん宅をあとにする。

こんな具合に私は「にこにこヘルパー」として活動していた。

最初に依頼されたひとは七十歳台の女性であった。買い物を頼まれて行って来ると、いつもお茶を用意して待ってくれていた。

「これではどちらがヘルパーなのかわからないから、これからは私がしますから」

「私が勝手にやっているだけだよ」

と言って、茶のみ話を楽しみにしている楽しい人だった。しかしある日、突然夜中に部屋の中で転んだのが原因で、足を骨折して入院してしまった。一度お見舞いに行った時は元気そうで会えたが、その後転院してから亡くなった、と人づてに聞いた。

介護保険制度が正式に始まって、にこヘル制度はなくなるかと思われたが、介護保険の補充というかたちで今でも行われているようだ。

その後、私もわが家の孫育てボランティアに忙しくなり、この活動をやめた。しかしこの仕事をしたおかげで、いろいろなことを勉強できた。

さまざまな制度があることを知れたし、将来自分が利用するかもしれないと思って老人ホームの中も真剣に見学した。デイサービスの内容なども、利用者の送迎バスに乗せてもらって一日体験してよくわかった。介護保険を利用する場合も同じと思うが、こういう制度を利用する時の心構えみたいなものがよくわかった。将来利用する時がきたら、役に立つかもしれない。

できれば、そうなる日が一日でも遅くなることを祈っているのだが……。

審査を終わって

審査員　堀内　守（名古屋大学名誉教授）

今回も全国からたくさんの応募があった。北は北海道から南は九州まで、全部で二二一点。書体が違う。手書きのもの。ワープロで打ったもの。パソコンを使ったもの。さまざまだったが、審査のし甲斐があった。

書体にも個性が出ていた。いや、個性というよりも、時代相と言う方が味があるのではないか。〈この漢字の書き方は、きっとこの時代の学校教育を受け、書き取りの訓練を受けた世代であろう〉と推定させるに足る筆法だったり、〈この書き出しの仕方は、文章を書くのに慣れている人だろう〉などと推定させるからである。審査という責任ある作業の過程には、こういう新発見もあって、審査員を楽しませてくれる。

応募される方々のお気持ちに配慮して、今回は副題に心を砕いた。副題を「年表の忘れもの」としたのは、応募する方々の〈構え〉に配慮したものである。もし、副題がなければ、「ああ、自分史の公募か。応募しようかな。何を書こうか。重点をどの時期にしぼろうか」などと思いは揺れる。手がかりが決まるのに時間がかかる。その間に、応募しようという気持ちがしぼんでしまうかもしれない。そうなってはもったいない。「これなら、書けそうだ」「これくらいなら、私にも書くことがある」。そういう動機を誘発するような副題がないか。「日本自分史センター」の名に恥じぬ副題を作り出したい。

ちなみに前回は「手帳は語る」だった。メモ帳や日記帳のイメージをきっかけにして、書きたいテーマが浮かんでくるのを狙った副題である。そして前々回が「伝えたい私の物語」。「私の物語」を「伝えたい」という気持ちに乗せてまとめてみることを狙った副題であった。「私の物語」をこぢんまりとまとめるだけではなく、「ぜひお伝えしたいのです。聞いてくれませんか」という呼び掛けを狙ったものである。

こういう経験をもとにして、スタッフは、本気で考えた。応募する人の立場に立ってみて、素直にペンが走り出すようにするにはどういう副題がいいか。あれこれと練ったあげく生まれたのが「年表の忘れもの」だったが、応募作品を読みながら、審査員一同、「この副題で成功した」と感じることができ、うれしく思った。「年表」といえば、淡々と年と出来事とを列挙している。しかし私たちにとっては、その向こうにみずからが生きた時代の人間関係の網の中で体得した数々の想いや意味が浮き上がる。それを文章に表すことによって、伝えたいもの、皆と共有したいものがはっきりしてくる。自分だけのもののように見えた経験が、より広い社会的・歴史的な視野の中で再解釈される。そうなることを通して、自分の経験が新たな意味をもってよみがえってくる。

今回の入選作は、そういう手応えのあるものばかりであった。ずっしりと重い原稿の山を前にして、活発に議論しながら、慎重に選考を重ねた。

本書のような形で編集してみると、全体の印象はがらりと変わる。

それぞれの作品は生き生きとしたシーンを浮かび上がらせ、手応えのある形で読み手に訴えかけてくる。通常の歴史書では、ひっそりと扱われるような出来事が、ここでは大きな意味を発信しつつ読み手の胸に迫ってくる。

〈ぜひ、訴えたい〉〈ぜひ、聴いてほしい〉、〈ぜひ記録に残したい〉という願いが読み手の心を動かし、読み手との対話に入っていく。各作品は、こうして書き手と読み手という枠を越える。共有財産になるのだ。

緊張の時を離れたあと、審査員も事務局のスタッフも、伸びやかに苦労話を語りあったり、労をねぎらいあったあと、自信をもって次のテーマへの展望を語りあった。

応募してくださった皆様と関係者に、心から感謝いたします。ありがとうございました。

JASRAC 出 0802082-801

年表の忘れもの 人々の見た「昭和〜平成」記憶の風景

2008年3月25日　第1刷発行　　（定価はカバーに表示してあります）

編　者　かすがい市民文化財団

発行者　稲垣 喜代志

発行所　名古屋市中区上前津 2-9-14　久野ビル
振替 00880-5-5616 電話 052-331-0008
www.fubaisha.com
風媒社

乱丁本・落丁本はお取り替えいたします。　＊印刷・製本／大阪書籍印刷

ISBN978-4-8331-3149-0